The Newcomer:
An American High School Story

新来的人
美国高中故事

朱夏妮 著

GUANGXI NORMAL UNIVERSITY PRESS
广西师范大学出版社
·桂林·

新来的人
XIN LAI DE REN

图书在版编目（CIP）数据

新来的人：美国高中故事 / 朱夏妮著. —桂林：广西师范大学出版社，2018.9
ISBN 978-7-5598-1112-7

Ⅰ. ①新… Ⅱ. ①朱… Ⅲ. ①长篇小说－中国－当代 Ⅳ. ①I247.5

中国版本图书馆 CIP 数据核字（2018）第 181096 号

广西师范大学出版社出版发行
（广西桂林市五里店路 9 号　邮政编码：541004）
　网址：http://www.bbtpress.com
出版人：张艺兵
全国新华书店经销
北京盛通印刷股份有限公司印刷
（北京经济技术开发区经海三路 18 号　邮政编码：100176）
开本：880 mm × 1 240 mm　1/32
印张：9.625　　插页：4　　字数：170 千字
2018 年 9 月第 1 版　2018 年 9 月第 1 次印刷
印数：0 001~8 000 册　　定价：49.00 元
如发现印装质量问题，影响阅读，请与出版社发行部门联系调换。

目录

高 一

- 003　撕碎了飘在半空的美元
- 007　厕所里的午餐
- 010　假如世界是个只有一百人的村子
- 015　尼蔻的新朋友
- 020　你们为什么离开爸妈来美国上学？
- 025　礼堂地下室的秘密沙滩
- 030　睡前的视频
- 035　晚上学日
- 040　星期天
- 042　安德鲁老师
- 046　贝斯琴弦下的纸条
- 050　春假
- 062　钻石和石头
- 068　尼蔻的日记：舞会
- 081　去学校的路上
- 084　夏节上的印第安人神父

087　尼蔻的爸爸
090　零小时
093　芭芭拉安的魔力
096　矮个子教练冉娜
099　不能一个人去城市的北边
101　回家倒计时的日子

高　二

105　排球队员安琪
108　"我们都是领养的"
111　体育课上的托比
114　学校里受欢迎的女孩
116　宗教课老师上课时啃着一个苹果
118　安琪的恶作剧
121　她手上护手霜的香气
124　"保佑你"
127　两只中弹的鹌鹑
131　在达拉斯

134　校长的女儿
137　夹心饼干
140　钻石毕业了
142　一条忧伤的白线
146　选择题
152　竞选学生会主席
155　硬皮年鉴
158　艾丽萨的暗恋
161　在乌鲁木齐的邂逅
164　雅玛里克山蓝调

高 三

169　瓦格纳先生的电话
173　英语老师汤姆斯
177　尼蔻出事了
180　数学课
183　诗歌社
186　物理老师艾什

189　相逢在波士顿

192　中国留学生公寓

197　安吉丽娜爸爸的葬礼

199　"他"

204　在桥下

207　万毕业了

211　暑假带尼蔻回中国

222　雅玛里克山的再会

226　大街上

231　离开乌鲁木齐

235　SAT补习开始

238　汤姆斯之死

242　夏天的结束

高　四

247　高四回校报到

250　SAT的折磨

253　写文书

- 256　梦校
- 259　面试
- 264　认识汤姆
- 267　你喜欢咖啡还是茶？
- 269　大学结果出来了
- 272　2018 年
- 274　1 月，我掉进河里
- 278　荒唐的哲学老师
- 281　中国春节的聚会
- 285　眼泪的味道
- 288　当地的文艺青年
- 292　月亮上面灰色的斑
- 296　"请你记住我"

高一

撕碎了飘在半空的美元

明天是 2014 年 8 月 28 日,是新生报到的第一天。

我躺在只有一个半人宽的床上睡不着。眼睛看着黑乎乎的天花板。沾满灰的百叶窗,挡不住外面马路上过往车辆的声音和灯光。一辆接一辆,但后面那辆车总是在前面那辆车的声音消失在远处之后才经过这里。这是一栋挨着一条不宽的马路的公寓楼,对面是一个足球场。足球场后面是无尽的深绿色高树林。树林中有一条河。

我的巨大行李箱还摆在开着门的衣柜下面的格挡里。我妈给我带的冬天的衣服还堆在里面。我一整晚都在想明天穿什么。最后我决定穿一件白色的 T 恤和一条淡黄色的长裤。那条裤子是我去年暑假买的,有点短。我穿上 T 恤和裤子在卫生间的镜子前看了半天。我决定明天去学校的时候不把头发扎起来,但我对头发披下来有点不习惯,右边头发总是遮住侧脸,很痒。从我上小学一年级开始,学校就要求女生必须把头发扎起来了。

我明天得找朋友。趁刚开学大家都不熟,赶紧找一个好朋友。蓝色被子很薄,像海绵。被角上的白色标签写着"Made

in China"。

我把带来的两个玫瑰念珠放到床头的窗台上。

我又看了一眼床头的闹钟。11:58。

打开床头的灯,又把闹钟确定一下,定到 6:55。

我把念珠捏在手里。手心出汗。

闹钟响了一下我就把它关了。我一下子坐起来,把昨天考虑了一晚上才决定的衣服穿上,吃两个煎鸡蛋和一片面包。

蒂姆送我去学校。一路上林荫道都没有行人,两边的矮房子还没有醒来。从住所到学校有一英里路。我坐在前座不敢动。手脚冰凉。心里期盼着从这里到学校的路程更远一点。

学校一进门的走廊上写着:"欢迎高一新生报到。请到礼堂。"有一个箭头指向右边。我看到有些学生站在一起说话。他们是什么时候认识的?今天不是报到第一天吗?有个金色长卷发的女生站在墙边,表情紧张,时不时看看自己的手机。我时刻想着交朋友的事。

"嗨,我是安妮。你也是新生吗?"我说。

"嗨,对。我是凯蒂。很高兴见到你。"她伸出右手要跟我握手。

我有点别扭地跟她握了一下手。她涂着很红的口红,黑得粘在一起的眼睫毛，银色耳坠，穿着像银行办公室职员穿的那种白色衬衣和黑色西装裙，还有白色的高跟鞋。她和别的新生打扮得有点不一样。

接下来我就不知道说什么了。我在想要不要问她岁数，但突然想到在这里问女生岁数有点不太好。

"我有点紧张，新生报到啊。"我说。

"对啊。大家都是这样。"她夸张地笑了一下又恢复正常表情。

我实在不知道再说什么了，就呵呵笑了一下。凯蒂又硬挤出一个夸张的笑容。

煎熬地等到所有新生都到礼堂了。这个礼堂很小，就是一间屋子，木头墙壁。玻璃壁橱上摆满了各种运动项目获的奖杯。最多的是篮球奖，有些获得了州奖。这个学校的篮球队和戏剧社比较强。

"嗨，大家好！我是你们的校长，你们可以叫我福先生。"他挺着巨大的肚子，前面的肚子垂下来把皮带遮住。粉色的衬衫塞进裤子里，很鼓，像一大袋沉重的面粉正在被人抬上楼。

"欢迎大家来到圣多米尼克高中。我们大家都是'freshman'，每个人都是新来的。我们每个人都将在这里找到自己的价值，融入这个大家庭。"他说话声巨响。说话的时候脖子伸长，凑到第一排同学跟前。

"时间很宝贵。我想让你们都知道,高中四年比你们想象的要快得多。你们如果浪费时间,就是浪费金钱。看着。"他吃力地弯下腰将一把椅子拉到脚边,摇晃着站上去。

"你们看着什么叫作浪费时间!"他的手伸进裤子口袋拿出一张绿色的一美元。

"你们看好了。"他把一美元举高,对折,开始撕。

有几个黑人女生大声尖叫起来,说着:"不要!停!"

他把撕成两片的一美元继续撕碎,撕碎到不能撕为止。然后,把碎片扔向空中。有几个同学伸手去抓,但碎片掉在了地毯上。

"什么感觉?还浪费时间吗?"他又从口袋掏出一美元。开始撕。更多人开始尖叫着"不"。我没出声。

他再次把碎片撒到空中。

厕所里的午餐

今天是第一天上学。昨天新生报到后，我们去看了每节课的教室，都是一个人一个的连体木头桌椅，桌子和椅子被铁管在右侧连起来。这样我上课就可以靠在右边了。但是，我就再也不会有同桌了。

昨天拿到了一本学生手册。上面写着学校的穿衣规定：不能穿短裤，不能穿牛仔裤，不能穿高于膝盖三英寸的裙子，不能穿没有袖子的衣服，不能穿袖子短于三英寸的衣服，不能穿凉拖，不能穿外套，不能穿V领毛衣，不能穿紧身裤；T恤上的标志不能大于一个名片；身上有文身的要遮住；可以化妆，可以戴耳环。

读完之后，我发现带的一大箱衣服都没办法穿了。

今天我老搞不清楚去哪个教室，也不会用储物柜的锁——要把三位数字密码转出来。每节课下课后我都问我储物柜旁边的一个黑人女生。她的黑色头发很直，很硬，像一根根没煮的挂面，直到脖子。她身上有种很久不洗澡和很浓的香水混合的味道。第一节和第二节课下课后她都很耐心地帮我打开，后来她就有点不耐烦了。

课间只有三分钟。第一天我每节课都迟到了。老师们都没说我，我以为他们都不知道。直到我登录学校查成绩的网站，才发现每节课都记了我一次迟到。

中午吃饭时间。下课铃打了不到三分钟走廊就没有人了。我赶紧拿出装着三明治的袋子快步走到食堂。隔着食堂的玻璃门，我看到很多人排着队买午饭，或用微波炉热午饭。我不认识他们。全校只有三百来人，感觉食堂里的人比三百人多得多。我用力推开玻璃门，用近视的眼睛找我昨天报到认识的人。黑人坐在一起，墨西哥人坐在一起，白人坐在一起。还有两桌混合坐着白人、黑人和墨西哥人的，那里没有中国人。中国学生坐在食堂的另一角，坐满了三张圆桌子。我想走向他们的桌子。但是，我害怕一开始就跟中国同学扎堆，将来难以走出自己人的圈子。我不知道要怎么办。于是，我装着要找人的样子，在不同桌子间转了一圈，就出了食堂。我得吃午饭。我慢慢走到一楼的厕所门旁。

我打算坐在厕所洗手池边的窗台上吃三明治。这里看上去很干净。玻璃外的天很蓝，没有云。我看着镜子，想象镜子里是另外一个人——我的朋友。

脚步声朝着厕所的方向传来。我赶紧拿起三明治走进马桶的单间，锁上门，我现在只好暂时不吃了。我听到有人推开厕所的门，到我旁边的那格，关上门。我决定等她上完厕所再吃。

没有动静。旁边的那个人不是上厕所。我从格挡底下看到她穿着白色的凉鞋。我听到笔在纸上写字的声音。看来我是没法吃我的午饭了。

"根号二十五乘三点二五……"她把数学题念出了声。她是中国人。

我只好冲厕所,假装上完了厕所再打洗手液洗手。我还有半个三明治没有吃完。这个三明治是草莓酱加花生酱,不好吃。

下午最后一节课是数学课。数学老师姓富兰克林。她有黑色的短发,但是她今天把短发硬扎起来了。黑色的小眼镜架在很高的鼻梁上。她个头到我的肩膀,走路驼背。我听别人说她整天抓不按校规穿衣服的,然后记名,留校抄校规。

上课第一件事她就让班上所有女生起立,检查裙子的长度。她拿了一把三角尺,量膝盖到裙子的长度是不是少于三英寸。我穿了裤子。

隔着走道在我对面的一个高年级女生穿了一条短裙,她趁富兰克林没检查到她的时候使劲把裙子往下扯。

富兰克林抓出了四个女生,其中一个是中国女生。这个女生留着很长的头发,穿的黑色裙子有点短,名字叫莱拉。她还抓出了三个男生,穿的裤子太时髦,他们都是中国学生。

抓完人之后,她给每个人写一张处罚的条子。

然后才正式开始上数学课。

假如世界是个只有一百人的村子

从 8 月底到 10 月底是排球季。不像以前在国内读初中的时候校队一年到头都训练。

第一节课是生物课。每天第一节课开始前都会有广播。

广播响起的时候,坐在我周围的人都举起右手画十字。我们班的两个中国男生紧张地看了看周围,就也把手放到脸上动了动。

白发、白胡子的生物老师说:"嗨,我是安德鲁老师,你们的高级生物老师。我在圣多米尼克高中教了三十年书,你们可能会是我教的最后一批。假如你们爸妈以前也上的是我们学校,我也很可能教过你们爸妈。"

"我知道上这门课的学生都很聪明,都是参加了特定的测试才进来的。一般高一新生上的都是普通生物课,但是上这门课也要努力。"

我没有参加什么测试。报到那天选课程表的时候,老师看我是中国人的面孔就把我放进了高级生物和代数 2。一般高一新生都上代数 1。

接着,安德鲁老师指着我和另外两个中国学生说:"我们这个课堂有三个来自中国的客人。"他说话的时候白色的胡子动了动。

"你叫？"

"安妮。"

"这是你的本名？"

"不是。"

"你本名叫什么？"

"朱夏妮。"

"什么？"

"朱夏妮。"

"族莎……"

"朱夏妮。"

"族……算了，就叫你安妮好了。"底下有人在笑。

安妮这个名字太多人叫了。假如在学校食堂叫一声安妮，很多人都会回头。

他又问了其他两个中国学生的英文名。

第一节课上安德鲁没有讲什么，用了整整五十三分钟说这门高级生物课有多难多难。

他说话的时候我脑子就停止了，不知道为什么，什么都过滤掉了。这就是上一门第二语言课的好处，不想听的时候就关闭大脑的翻译功能。我开始看地下，上初中时养成的习惯，总是看别人的鞋子打发时光。坐在我前面的女生穿了一双一脚蹬的碎花帆布鞋；坐在我右前方的女生穿了一双白色的系带凉鞋，脚趾涂红色的指甲油；坐在我左前方的女生穿了一双棕色开口的皮鞋；坐在她前面的男生穿了一双黑色运动鞋和绿色荧光袜子；坐在我左边的女生穿了一双美国国旗图案的低帮帆布鞋；坐在她左边的女生穿了一双黑色的高帮帆布鞋。

总算打铃了。铃声只有一声"叮"。有点不习惯，从小上学起打铃声都是一段音乐，还有预备铃。

我还是搞不清楚怎么用储物柜的锁。

第二节课是世界文化课。一进门一群人围着讲台。我凑近看了才知道这是安排的座位表。我琢磨了好久才搞清楚座位表上哪是前哪是后。

我坐在教室最左边的第一排。

教世界文化课的老师穿着灰色的带领T恤。他挺着大肚子，眼镜架在比眼睛稍微低一点儿的地方。灰色的头发和灰色的胡子。他总是笑着。

"大家好，我是格纳老师。这是世界文化课。上这门课就是带着你们参观世界各地。"

他接下来让每个人自我介绍。这门课除了我以外没有其他中国学生。

他给每人发了一张粉色的表,标题是:假如世界是个只有一百人的村子。

该村将有61个亚洲人,13个非洲人,12个欧洲人,9个拉丁美洲人,其他5个人来自美国和加拿大;

50人是男性,50人是女性;

75人是非白种人,25人是白种人;

67人是非基督徒,33人是基督徒;

80人的居住环境不达标;

16人无法认字或写字;

50人会营养不良,1人将死于饥饿;

33人没有安全的水供应;

39人缺乏良好的卫生条件;

24人不会使用任何电力(76人只在晚上用);

8人会上网;

1人会接受大学教育;

1人将得艾滋病;

2人将要诞生,1人濒临死亡;

5 人将控制全世界 32% 的财富,他们都是美国公民;

48 人生活费用低于 2 美元一天;

20 人生活费用低于 1 美元一天。

    他点名让几个同学读。第一节课他就知道每个人的名字。以前我学校的老师要用半学期才能记住全班人的名字。

    有人用高兴的语气读到"75 人是非白种人,25 人是白种人"和"5 人将控制全世界 32% 的财富,他们都是美国公民"的时候,我感觉有点奇怪。

尼蔻的新朋友

今天中午吃饭的时候，我没有和尼蔻同桌，还是和两个瑰斯以及凯蒂一起坐。

我们学校是天主教高中，我以前以为天主教学校里女学生名字叫得最多的应该是玛丽，谁知道是瑰斯。高一新生八十个人中有三个瑰斯。高二有四个瑰斯。

我们年级的三个瑰斯中，一个叫快乐瑰斯。她总是笑，说话停不下来。她的眉毛一高一低，笑的时候头总是往右边歪，眼睛朝上看，眼睛被上眼皮的眼睫毛和下眼皮的眼睫毛合上，身体也向右边斜，嘴也有一点儿往右斜。她有时化妆有时不化妆，眼睫毛很长很黑，我看不清她有没有涂睫毛膏。她个子不高，天冷了，就总戴着她的深黄色围巾。棕色头发有时是卷的有时是直的，斜刘海总被她拨到侧脑后翘起。她总说些并不好笑的事，然后身子抖着往右斜着笑。但是，没了她我们一桌就没有人说话了。

另外一个瑰斯球打得很好，虽然她是半途插进排球队，但很快就成为队里打球最好的了。她人很高，头发也是棕色，有时在灯光下会很亮。她的鼻子很直，她戴了很久牙箍了，牙箍已经和谐进了她的脸。她喜欢穿长裙子。别人笑的时候，尤其是快乐瑰斯笑的时候，她总不爱笑。她笑的时候会使劲撑开嘴。我没法跟她很近。凯蒂跟她很近。凯蒂总抹着很红的口红，金发，穿着灰色或者黑色的职业装一样的裙子。现在天变冷了，凯蒂就把白色袜子穿到一般光脚穿的一脚蹬的黑色漆皮鞋子里。凯蒂笑的时候总是很用力，但她总弄不懂我想表达的意思。快乐瑰斯和凯蒂都很喜欢唱歌。

学校的食堂不大，中午吃饭时间卖热午餐的地方排了很长的队，大部分是中国学生。我看其他桌子上摆满了自己带的饭盒和各种颜色的饭盒袋。学校一共有三十多个中国人，都是同一个中介公司介绍的。赵易若跟我说，她爸妈都已经把午餐钱按照最高的标准交了，不吃白不吃。他们的桌子上总堆满太多吃不完的东西。路过中国学生的桌子去扔垃圾的当地学生，看一眼他们桌子上的吃的，往垃圾桶方向走去。

快乐瑰斯和凯蒂正在说英语课上老师要求做的电影宣传片，她们在想用什么标题。快乐瑰斯说着说着狂笑起来，双手挥动着跳起舞。我坐在她们中间，已经吃完带的三明治，也喝完酸奶，没办法再拿吃东西当借口发呆了。我就跟着笑。笑的时候稍稍皱眉头，嘴张大然后变扁，身体抖，不发出笑声，装着笑得笑不出来的样子。因为她们不管说的事情有没有那么好笑，都是这样笑。

我记得上一次这样发自内心地笑不出声，还是在中国读初二的时候。

有个中国女孩独自一人在一张大桌子上吃饭。她高四，见到谁就抓着谁说话，讲她的成绩，托福，雅思，GPA，大学。其他中国学生都不喜欢跟她坐在一起。不时有老师经过问她还好吗。她穿着白色的高领毛衣，盯着电脑屏幕，手里紧握着一根黄色的铅笔，好像手心出汗了。

我想睡觉。我跟快乐瑰斯说："我先睡会儿，等下叫我起来。"

我和快乐瑰斯上同一节自习课。课上我做半小时作业然后再睡二十分钟，快乐瑰斯在图书馆不坐我旁边的时候我老是睡过头，打了铃也听不到。上周我睡醒后起来发现周围一个人也没有了。没有人叫我。快乐瑰斯在的时候总会在下课前两分钟把我叫起来。

我趴在桌子上，把周围扮成黑暗。我睡不着，仔细听着快乐瑰斯和凯蒂在讨论标题，笑，桌子震动。我甚至能听到别的桌子传来的大笑声。

尼蔻的桌子离得太远，我听不到她说什么。

嘉琪是墨西哥人，她长得有点矮有点胖，头发很长，总喜欢把黑色的长发编成低麻花辫。

眼下尼蔻是我最好的朋友。尼蔻个子不高，到我的眼睛，金发,戴着牙箍。刚开学时我跟她说话,她不看着我的眼睛,总是看着我的斜后方。尼蔻也在排球队,但她很少有机会上场。她学习很好,全部是 A。她戴着牙箍说话我常听不清,一开始她也听不懂我说的不很标准的英语。坐校车去参加排球比赛时我们总坐在一起。因为我跟其他排球队的女孩实在没法合得来。她也是。

她很爱看书。等她和我渐渐熟悉了,她说以前她从没有朋友。我开始觉得和她很有共同语言了。但是,嘉琪突然出现了。

高一开学的时候,每个女生都在很着急地找朋友。不然,中午吃饭没有人一起坐。排球队刚开始训练之前还是在厕所换衣服。我记得全部女生都一起去,尼蔻也跟着,其他女生都走了尼蔻还在厕所很着急地换裤子,没有人等她。我不知道她的名字,只记得她穿着印有美国国旗图案的帆布鞋。我从隔间看到那双急忙的鞋子。我每天早上在零小时时段去乐队拉琴,也看到那双红白条纹蓝底白色星星的帆布鞋,生物课也是。她也拉小提琴。

我没有找到什么朋友,就主动跟她说话。当时我觉得她好像不怎么想理我。

尼蔻刚开学的时候总穿着最普通的有领子短袖。现在穿着纯色长袖。

尼蔻每个月都换牙箍的颜色,她今天才换了浅蓝色。我认识她的时候她的牙箍颜色是紫色,后来换成了粉色,然后是绿色。

我曾和尼蔻笑得从床上摔下去。

嘉琪也在乐队。她吹小号。她总是很开朗，见谁都使劲挥手打招呼。

我感觉她有很多朋友，但是没有一个特别好的。

现在她有了。尼蔻不再有什么好笑的事就跟我讲，到吃饭时间快速不协调地支配着自己的双脚走到嘉琪的桌子。

返校节舞会的时候尼蔻紧紧地跟着嘉琪，尴尬而别扭地晃动。像我小时候跟妈妈逛商场时紧紧跟着妈妈一样。

食堂老师现在拍手了，提醒学生收拾东西收拾桌子回教室上课。我抬起头，眼前有点黑。我把塑料袋扔进垃圾桶。有两个学生站在食堂门口撑着门，我说了声"谢谢"就大步往我的储物柜走去。尼蔻的储物柜挨着我的。我曾在朋友圈说过，我遇见了高中最好的朋友，她的储物柜就在我的旁边。

我看到尼蔻紧紧跟着嘉琪，踮着脚尖，伸着脖子。

你们为什么离开爸妈来美国上学？

一学年有四个小节，今天是第一学期第二小节的第一天。至少我现在知道怎么用储物柜的锁了，但每节课下课懒得开锁关锁，我就直接不关死，留一条缝。有一次发现谁把我的储物柜柜门给关了，还有一次发现柜子里被人扔了垃圾，但我还是懒得关门。

今天，除了生物课安德鲁太懒没让集体换位之外，其他课都调了座位。

英语课，一个西班牙交换生调到我隔着走道的旁边。我依旧坐在第一排。坐在我左边的西班牙女孩——玛利亚，金色的直发到肩膀稍微往上一点，总是咧嘴笑。她大笑的时候把嘴横着撑大到极限，好像嘴皮要绷烂了似的。八颗牙都露出来了。这也是她来这里的第一年。她总穿很短的上衣，感觉有点像孕妇。

"嗨，安妮，你好吗？"

"我很好，谢谢。"

"你现在成绩怎么样？"

"还可以。"

"平均分多少？"

"不知道,我忘了,还没有查。"

她拿着一袋胡萝卜吃。呼吸声很大。

英语老师让索在讲罗密欧与朱丽叶。让索老师,驼背,秃头,但还是能看到两边剃得很短的灰发。他总穿着咖啡色毛衣,里面穿着像秋衣一样的衣服——"秋衣"总露出来。他穿着军绿色的帆布鞋。他总是说不好笑的笑话,然后自己"呵呵呵呵呵呵"半天。

"今天我们来看一段视频,罗密欧与朱丽叶里最著名的一段,阳台那段戏。"

20世纪90年代,莱昂纳多·迪卡普里奥演的现代版的。女主角不好看。

"啊!天啊!莱昂纳多太帅了!"玛利亚喊道。声音有点大。

视频播放完后,玛利亚举手。

"刚刚播放的,罗密欧与朱丽叶是在调情吗?"

"呃……是的……呵呵呵呵呵呵。"让索老师在笑。

"好,现在大家拿出笔记本。我们来做一点儿笔记。"

我在发呆。

"嘿,安妮,他说拿出笔记本。笔记本。你知不知道笔记本是什么意思?就是那个,你桌子上放的那个,用来写字的。"玛利亚说到笔记本的时候有意放慢语速,用她的标准西班牙口音英语说道。

"因为罗密欧被王子驱逐出了城,为了让你们理解一下他的感受,我问你们一个问题。"让索说。

"假如你必须永远离开美国,你会选择去哪个国家居住一辈子?"

他这句话还没说完。

"加拿大!"有很多人喊出来。

"等等,我话还没说完,除了加拿大。"

停顿了一会儿。

"英国。"

"澳大利亚。"

"新西兰。"

"巴塞罗那!"巨吼声来自我左边的玛利亚。

"你们全都应该去巴塞罗那!"她又说。

"哦,对,把我的问题换一下,因为我们这个班上有两个不是美国本地的学生。假如你必须永远离开你的祖国,你会选择去哪个国家?"

"法国!"玛利亚说。

"为什么不是美国呢?"有同学问她。

"美国太多枪,而且美国人吃得不健康,太胖!我来这里吃胖了很多!再说,我是欧洲人,欧洲人!"她说的时候手挥来挥去,好像在扇走一只苍蝇。

下午放学,我坐在一楼走廊窗台上,望着停车场发呆,等人来接。

"嗨,安妮。"是艾丽莎,我们乐队坐我右边拉小提琴的黑人女孩。她头发很直,到脖子。唇膏抹出了嘴唇。

"嗨,艾丽莎。"

"你也在等人接放学?"

"对啊。"外面的雪飘枯了树枝上的叶子。停车场的雪泥很黑。

现在刚刚11月。我又用手指头算了算距离回家的月数。还有六个多月。

我不知道说什么,她好像也不知道。

"哎,还有六个多月才回家。"

"哇,哎,那么久啊。你是坐飞机回去吗?"

"对啊。差不多十六个小时吧。我也忘了。"

"那么久。我们学校还有其他中国学生每年都是这样来来回回两头跑啊?"

"对啊。暑假当然要回家啊,想家。"

"想家为什么要一个人那么远来这里呢?"

"呃……来这里接受教育吧。"

"你们为什么离开爸妈来美国上学?"

我愣了一下,不知道怎么回答她。

礼堂地下室的秘密沙滩

今天我又学会了一句脏话。

1月份的天黑得很早，天黑之前沿着路灯通往马路尽头的天空被染成不自然的紫色或蓝色。人工色素。积雪堆在路旁，学校门前停车场上的雪变成了黑色的冰。现在是晚上6点20分。我的表快三分钟。我总想调快一点，这样早上起床的时候就会有三分钟多出来的时间。

我加入舞台装置社，每天都要留在礼堂，给木板刷油漆或者做戏剧要用的场景。我加入的原因不是因为喜欢做道具，而是因为我好不容易交到的好朋友尼蔻喜欢。这个月她戴的牙箍换了薄荷绿。时间在她牙箍变换的颜色中溜走。从去年8月份开学到现在，她已经换了五次颜色了。因为今天是周五，我们在舞台装置社要待到晚上8点钟。

我和尼蔻发现了学校的一个秘密楼梯。那是在舞台观众席后面的门外，有一道楼梯通向二层观众席。我和尼蔻经常坐在那里躲活儿。舞台装置社的老师是我的电脑课老师。她就是从这个高中毕业的。我现在的世界文化课的老师也是她以前的老师。她总喜欢说脏话，不过只是在舞台装置社里。社里其他高年级的学生都直接叫她的名字。今天下午老师集体订了比萨。我和尼蔻躲在楼梯上，听到有人喊吃饭才冲到舞台拿自己的那份。尼蔻跑得太快，让人觉得她来这里就是为了吃的。其实我是故意放慢脚步的。

我们又回到秘密楼梯坐着。

路过观众席走道标着"M"字母那一排时，尼蔻轻轻踢了一下那把座椅。

天已经完全黑了。车红色的尾灯把地上融化的雪照成了冰。

尼蔻吃东西总是很慢。舞台装置社的其他人已经开始干活了。

秘密楼梯旁边的门开了，舞台装置社的两个男生向地下室走去。

"哎！要不要跟踪他俩，吓吓他们？"

"走！"尼蔻放下她没啃完的比萨。

通往地下室有两个楼梯。一边是男厕所一边是女厕所。我们跟在那两个男生后面走向通往男厕所的楼梯。

"你确定还想跟下去？"

我们决定在楼梯口等他们上来之后突然吓他们一下。

但是他们还是不上来。

上个厕所不可能这么久。我听到通道深处有人说话。

我踮脚走下楼梯。尼蔻跟在我后面。我嫌她呼吸声太重，停下来使劲挥手让她走路轻点。

我看了一眼男厕所。里面是空的。

这是一个小房间,墙壁上铺着蓝色瓷砖。有两个门。我试着推开一扇门,但门是锁着的。我推开了另一扇门。

我看到漆黑一片,有手电筒的光在远处照射。我听到舞台装置社的两个男生在找老师让他们找的木板。我和尼蔻踮脚走进这片黑暗。脚底有点扎,是沙子。这里堆满了废弃的木板和道具,应该是舞台的下面。我从来不知道学校还有这种地方。

手电筒的光突然照在我和尼蔻身上。

"你们在这干什么?"

我没说话。

"我们在这看看你们需不需要帮忙。"尼蔻说。

"不用。你们出去!不要待在这里!对不起,请你们出去。"

我和尼蔻呆愣在那里,慢慢挪动脚步走出这片黑暗,走上通往我们秘密楼梯的台阶。

尼蔻走在我前面。她拖着脚步,身子僵硬,鞋底蹭着地。我第一次看见她这样的背影。我们进了通道那头的女厕所。这地下室的女厕所平时很少有人去,有股怪味。

"关上门。这样我们说话就不会被别人听到了。"尼蔻说。

"他们为什么那么生气?我们就只是踏进了那舞台下面的沙子罢了。"

尼蔻耸了耸肩。

我们轻声走上楼梯,怕打扰了看不见的谁似的。

走回舞台的路上,路过观众席走廊"M"排座椅的时候,尼蔻又轻轻踢了一下。

舞台装置社的老师有着蓬松的棕色大卷发,是用久了的芭比娃娃的头发无法变回原样的样子。她忙着指挥人画草图,他们要建两个一模一样的卧室。

我和尼蔻站在老师旁边,随着她身体转动的方向转动。现在我们必须要找点活干才能安心。有几个高年级的人坐在地上量用来做桌子的木板长度。

"需要帮忙吗?"

"不用,谢谢。"

"可是我们想帮忙。"

"呃……你们去看看其他地方要不要帮忙吧。"

"其他地方没有活干了。"

于是我们坐在地上,不知道怎么做桌子。

他们说这个舞台的下面是一个沙滩。舞台社里的人都叫它"那个沙滩"。老师不让人随便进,也不让其他人知道。三十年前有两个高四学生因为没办法在一起,所以在那里自杀了。他们还讲了更吓人的细节,但是我没太听懂——他们嚼着口香糖,讲话时口水喷出。

我把他们做好的木头书架涂上灰色的漆。灰色的漆闻起来很香。尼蔻说我嗅觉出了些问题。我换上来舞台装置社专门穿的衣服——我妈以前的灰色套头衫,还有一条很长的棕色运动裤,暑假来这里之前晚上散步时买的十九元的老北京布鞋。我的手肘蹭上了漆。

蒂姆来短信了。装在我口袋里的老年人专用手机振了振。

睡前的视频

我跟尼蔻说我得走了,明天见。她说好。

我拿起堆在椅子上容易滑掉的黑色长羽绒服。我把书包从地上拿起来放在脚背上,然后穿上外套。书包沉重。一千页的磨白了边的厚皮英语书,还有一台学校统一发的笔记本电脑。硌脚。推开学校的玻璃门,风掠过我脚踝的骨头。红色的车被雪和撒在街道上用来融雪的盐弄脏。打开车门,不协调地把书包放到后座。打开前门。系上安全带。

"嗨。"

"嗨。"

"今天上学如何?"

"还行。"

"那数学考试怎么样?"

"还行。"

"舞台装置社怎么样?"

"还行。"

电台播放一首慢歌。我不想说话。

从学校到公寓是一首半歌的时间。

蒂姆照常把手伸到车窗外面够着打开车库门的按钮。钥匙开门声。上楼梯，粘了雪的鞋底踩在有怪味的地毯上的声音。钥匙开门声。进门闻到一股来自厨房下水道深处的臭味。在门口换拖鞋。把羽绒服挂在门口的衣柜。我拎着书包进了自己房间。

现在是晚上8点19分。北京时间上午10点19分。我爸妈这时应该已经从教堂回家了。我妈应该在拖地。我爸应该躺在床上看他从报社拿回来的报纸大样。我拿起手机。

"我回来了。"

我躺在床上不想动。

蒂姆敲门。

我打开门。

"请你把你要洗的衣服准备好，明天早上我要去洗衣服。"

"哦，好。"

百叶窗一直是闭着的。白色的塑料上落满了灰。我扒开一条缝。冷空气进到我眼睛。路灯在干枯树杈的后面。车快速穿过。白雪在马路对面的足球场，没有人破坏。在远处，几个信号塔闪着红色的灯。

手机振动。

"为啥回来这么晚？"我妈的消息。

"上线。"

我打开电脑。学校统一发的联想牌学生电脑。电脑黑色的壳上有几道白色的刮痕。

被人纠正了很多次,说英语的时候不能用"打开"来说开电脑,要说"启动",现在用中文也觉得犯语法错误了。

电脑沙哑的开机声后弹出一串蓝牙错误或者一些软件更新的请求。一一关掉。音乐软件每次自动弹出,我不知道如何设置取消,每次开机都自动登录。在学校上课开机的时候有点尴尬。很慢。一着急不小心点到了Photoshop,启动太久。关掉。

连上QQ。

我爸的头像是在我出国之前设置的,是我以前跟同学跳大绳的照片。

我妈前两个月也申请了一个新号。

每天在QQ上要跟我爸妈说我起床了、我回家了或是我睡觉了,我都是给我妈发了再复制粘贴给我爸发去。我爸一般不回,所以我先给我妈发。

我点击"窗口振动"。

窗口那边发来一串没有意思的数字"11111"。

视频移动得有点慢。时间跳着走。

台灯把我的脸照得很白，突然想起很久没有被人说过皮肤黑了。

我妈坐在我以前用的书桌前，穿着很厚的红色棉衣，显得脖子有点短。我爸坐在旁边稍微矮一点的小原木板凳上。以前我妈在餐桌上包饺子，餐桌上撒上面粉，这样饺子就不会粘在桌子上。我和我爸围坐茶几边吃饺子。我爸常坐在沙发上吃。我坐在小板凳上吃。坐在沙发上吃要把脖子伸得很长。坐在小板凳上吃，腿太长，蘸饺子的醋和酱油混着饺子皮被咬破流出来的油总滴到我的裤子上。伴随着我妈的话："你怎么弄的呢？这个是洗不掉的！一滴上去就是一个印子，到时候你裤子上全是油印子。"但衣服洗完后油点就总是找不到了。

我跟我爸妈说了今天在学校干了什么，以及舞台社的事情。

我去刷牙洗脸，还把视频开着。电脑对着我一半被子掉在地上的窄床，还有不是很白的墙。

我觉得开着视频让爸妈等我刷牙洗脸，感觉他们就在那里一样。

刷完牙我又换上睡衣，然后钻进被窝，再把电脑倒过来跟爸妈说几句话。

视频的声音不同步。我停下几次等爸妈，但是他们又停下来等我。

然后我关上窗前的灯。视频里我这一边就黑了。

太阳穿过挂满刚洗的衣服的阳台透到爸妈的头顶上。远处有公交车刹车的拖长声。

晚上学日

上学期开学第一天报到时,学校统一发的绿色作业登记本的塑料封面,已经磨掉了一些颜色。里面印着学校的校规和穿衣服的规定。比如短裙不能穿到膝盖以上三英寸。本子背面是每天的时间表。

今天是2月4号,星期三——晚上学日——可以比平常晚两个小时,9点到校。蒂姆8点30分要上班,所以他叫我7点45分起床。早饭我自己煎了两个鸡蛋,没有放盐,因为盐是放在一个很大包装的桶里,我怕失手倒多了。我想起我爸每次煎鸡蛋都放过量的醋,鸡蛋就变苦了。

我8点到学校。推开食堂的门。早到学校的学生都在食堂坐着。我看到一个中国女生在角落坐着。我坐到她的桌旁。坐在这里的还有几个高年级的黑人学生。

这个中国女生上高三,住在一个长相很凶的老师家里。她戴着耳机听音乐,在为英语课的演讲做准备。

"嗨!"

"我在做这个 presentation 呢。老师说我今天必须要讲,不然他就给我一个 D。"不知道从什么时候开始，中国学生说中文的时候习惯加个英文单词在句子里。

我上 QQ 跟我妈说我到学校了。我妈问我感冒好了没有。我说还没有，还流鼻涕。

每天，从走廊这头经过长长的高四学生的储物柜到高一新生的储物柜，总觉得时间过得很慢。

我近视的眼睛看到凯蒂好像朝我的方向走来了。她今天把金色的头发披了下来，和平时一样抹着很红的口红。

我不知道是在这么远的距离跟她挥手打个招呼，还是装作看不见她，等她走近了再打招呼。

于是我装着一开始看不见她，然后等她走近了跟她说了一句"嗨，凯蒂"。

她眯起眼睛笑了笑。

现在另一个我不是很熟的女生朝这个方向走来。

我再一次装作看不见，等她走近了才和她挥了一下手。

她短暂地笑了一下。

总算到我的储物柜了。

尼蔻已经在整理她的柜子了。

"嗨！尼蔻！"

"嗨！"

终于不用装着说话了。

"我昨天晚上做了一个噩梦。"

我把长羽绒服脱下,塞进储物柜最高层的格挡里。

"关于什么的?"

"我梦到你了。你把我传染感冒了,我很生你的气,然后我就追着你到处跑。"

我把学校的笔记本电脑从书包里拿出来装进电脑包里。

"然后呢?这为什么是噩梦啊?一点儿也不恐怖啊。"

尼蔻之后说了些什么我没听清。我拿起装着我所有卷子的综合文件夹、绿色作业登记本、生物课笔记本、电脑包,还有笔袋,站在储物柜前想了半天才关上储物柜的门。

"这个梦挺长的,我之后再跟你讲。"

"好。"

我们俩又穿过漫长的走廊走到楼梯口上三楼。现在我终于不用装着看不见谁又纠结怎么和谁打招呼了。

因为是晚上学日所以没有去乐队练琴。

我们上楼梯上得很慢。

上到二楼的时候我看了一眼手表。指针指着12,我以为已经9点了。9点钟第一节课上课铃就会响,响了之后到教室就会被记迟到。

"我觉得我们迟到了。已经 9 点了。"我突然停住,盯着我的手表。

"那快走啊,你停在那儿干什么?"

我们狂奔上三楼。我又看了一眼手表。发现手表上显示的是 8 点。我的"指针手表"是不准的。

尼蔻看了一眼她的数字手表,她说我们还有三分钟。

我说早到一点好。

数学课,富兰克林在讲怎么画二次函数。班里好像沉睡了,大玻璃窗的外面是黄色的树林。

尹可坐在我前面,用电脑挡着玩手机,她在用微信聊天。她的黑发长到腰。不管多冷总是穿裙子。她老穿太短的裙子,因此老被富兰克林抓到后留校写检查。她上课似乎总在玩头发。

尹可的英文名 Equal,是"等于"的意思。估计是因为 Equal 和她的姓"尹"字听起来像,她就选了这个名字。在学校的三十多个中国学生互相都不叫中文名字,我都不知道有些人的中文名字。

"好,现在我们可以把这六个点代入然后画图。这个函数应该朝哪边?假如函数的 X 平方前面是负数,两边箭头就都朝下。X 算出来等于多少?"尹可听到"等于"一词突然抬起头。她抬头看了白板半天才发现老师不是叫她名字。她又低下头看手机。

"假如 X 平方是正数呢？谁知道箭头朝上还是朝下？那就刚好相反，两边箭头都朝上。那它的 Y 值等于多少？"尹可又抬起头。这次她很快意识到不是叫她名字，"啧"了一下然后又低下头。

"好，现在我们把一个个点都代入。假如 X 是 3 那 Y 就是 3 加 1 的平方减 5。Y 等于多少？你们现在把点都算出来。"

"Equal 你在干什么呢？现在是自己算的时间。"富兰克林朝这边看过来。

尹可抬起头，她赶紧拿出练习本。

"最后你们画的图像是什么？这个错了，你忘了一点。你忘了等号两边都除 2。"尹可又抬起头……

星期天

明天要骑车上学了。

我的自行车是白色的,有淡绿色的边。轮胎很厚,上面有花纹。还有冬天的雪。

我在想怎么能又背书包又拿我的小提琴骑车。

我姥爷上个暑假给我的绿色玉十字架冰冷。

我刚写完英语课布置的诗歌作业。

现在英语课在学诗歌。

周五的作业是用拟人手法写一首把自己比作一个抽象东西的诗歌。

蒂姆晚上做了鸡肉。

今天早上,蒂姆让我把一整只生鸡从绿色塑料包装袋里掏出来,在它身上抹上柠檬汁和牛油,在肚子里塞进洋葱末。我不想用手碰那只鸡的皮肤,它的皮肤冰冷,我起了鸡皮疙瘩。

蒂姆两手抓着鸡,把它重重地摔到水池:"请你用手把调料抹上去。"

那只鸡有点重。

今天我把被单洗了。

被单上有汗干了的味道。

从 11 月份的一个半夜被冻醒开始,我就盖着三床被子。

最上面的那床——用床来形容太重了——最上面的那床被子是我妈给我硬塞进行李箱里的。白色的空调被,上面有几朵蓝色绣花,那被子我妈给我带来的时候是新的,现在被子上长满了灰色的抖不掉的小毛球。盖在中间的被子是在这里买的,深蓝色和灰色。透过灯光可以看透那被子,像海绵,被角白色的标签上写着"Made in China"。

最里面的被子很厚,是我妈用一个紫色的大包寄来的。棕色的羊毛被子,以前我在冬天盖过。

星期天的晚上总害怕。

我带来的两串念珠不知道到哪儿去了。

安德鲁老师

昨天晚上我查了今天的温度。

最低温度零下十八摄氏度。

今天早上路边有一点儿冰。黑色的雪疙瘩。泥汤。

骑车的时候风刺伤了我的腿。

今天生物课做实验。安德鲁老师的白色胡子打结了,他的声音总是低沉——冬天上午第二节课的摇篮曲。他总是用缓慢的声音讲着课然后突然大吼一声:"boom!"用来吓唬上课即将睡着的人,包括我。他还是依旧用古老的教学方法,在透明塑料纸上用很粗的水彩笔写上潦草的笔记,再放到白纸上投影出来。他从不用电脑,给我们放视频的时候就用放在木头小推车上的十四英寸厚重小电视机,推到讲台中间。我从来看不懂他的笔记。他有时还寻求创新,他说,他用红色水笔写出关于红细胞的笔记,用蓝色水笔写出关于血管的笔记,用白色水笔写出关于白细胞的笔记。他把 a 和 u 和 o 写得一样,i 和 l 一样,g 和 y 一样。

今天实验开始前他在讲泌尿系统的器官名字,一样稠和慢的沙哑嗓音。我刚打开电脑准备给我妈发条消息。

"boom！"我开电脑的手振了一下。我感觉他的唾沫喷到第一排同学的桌子上了。

"啊！"很尖的女声。瑞丽喊的。她坐在我的左前方。今天她的棕发更卷了。她笑出了声，黑色的厚眼线和眼睫毛跟安德鲁老师的声音一样稠。她左右看，她看到我的时候，蓝绿色的眼睛好像在看我后面。

安德鲁给我们分了组。这次他没让我们自由分组。我和瑞丽还有安娜丽丝一组。瑞丽今天带了一个八年级的学妹，她是来我们学校参观的，考虑要不要选择我们学校。

安娜丽丝和我在一个排球队。她是新生队的队长。她球打得不是很好，但她很会领导人。她的棕色长发有点少，贴到头皮上。她把头发拉得很直很直，把几根头发染成金色。她学习很好，和她的棕色眼影的厚度成正比。她笑的时候牙箍和上嘴唇的距离很大，红色的牙龈。10月份蒂姆出差的时候我住在她家。

我们组围着后面的实验桌子，我坐在安娜丽丝旁边。瑞丽和那个八年级学妹坐在一起。

"好，我现在给你介绍一下，这是安娜丽丝，她和我一起上的小学。我们以前经常一起玩，一起上很难的数学课，不过她比我聪明。"

瑞丽挑着她弧线修得不自然的眉毛介绍完安娜丽丝后，就不说话了。

我坐在安娜丽丝旁边，装着很认真地看实验操作指南。拿铅笔在纸上用中文写了个"呵呵"。

瑞丽不停地在跟学妹介绍我们学校的课程。表情丰富。

她的手很小，手指很胖。大拇指上的红色的指甲油磨掉了一点。

今天要做的实验是用一种试纸放入不同化学物质混合的尿液观察颜色，然后在表格写下对比数据。

安德鲁总是穿着我们学校篮球队的黑色拉链外套。拉链拉到顶。啤酒肚挺得很大。他走来走去在每张桌子旁都停一会儿。

安娜丽丝一直拿着那筒试纸。

我拿着铅笔赶紧把数据记下。

做完实验后，瑞丽跟那个学妹说："这一桌太无聊，我们去那张桌子。"

对面的桌子的笑声很响。振动着做实验用的尿。

我正准备找什么话题跟安娜丽丝聊天的时候，她小声说了句话，又不像是在跟我说。

"我去那儿看一下。"然后去了那一桌。

我就把自己的书拿起，走向尼蔻的桌子。

她正在看关于天文学的一篇文章。黑紫色的宇宙背景。她耳朵过滤掉她那桌别人的聊天和大笑声。

铃声就要响了。我看着慢了一点儿的手表指针一点点挪动。

贝斯琴弦下的纸条

今天时间调快了一个小时,转成夏季时。

6点30分出门的时候天还是深蓝的。地面的冰映照着两边黑色的树枝。

第一节课是乐队练习。尼蔻坐在小提琴区远远看到我,就把我叫到厕所。

"你觉得如何?"她掏出一张白色的硬卡纸条,上面是她用黑色水笔写的连笔字,字的两边有些模糊的痕迹。她是用铅笔写过,又用水笔描上去的,写的时候小拇指触到没有干的油墨。

"We dance slowly, I remember it fully. For my memories of that night, shall always remain bright."(我们缓慢跳舞,我印象深刻。那晚的记忆,常留在我的脑海。)

"这个不错,有诗意。什么时候放?"

"今天下午放学吧。你觉得呢?"

"可以。但我们得快点,不然乐队老师来了看到就不好了。"

乐队的德斯老师今天把头发剃短了。他两颗门牙的缝隙还是和昨天一样的宽度。今天我们还是反复练音阶。尼蔻有点心不在焉。她总向乐队最右边看。M，一个弹电贝斯的男生，不高，金色的卷发，戴眼镜，有些红色的痘痘。长得像以前看过的美国青春电影里总是扮演学校的学霸或者呆瓜的演员。

教宗教课的是栓卡老师，他也是女篮和棒球队的教练。栓卡老师的名字翻译过来应该是舒安卡，但叫栓卡更方便。栓卡老师六十来岁，无论什么时候都穿着印有学校篮球队标志的黑色外套，和安德鲁的一样。他声音沙哑，总是说话很慢很大声，像是在跟听力有问题的人解释。栓卡老师很高，挺着肚子走路像一只吃多了的企鹅。他见到学生总会伸出拳头说："来碰一下！"然后夸张地张开手，身体向后仰。他总讲些不好笑的笑话然后自己笑半天。他每天不厌其烦地弯下腰用极慢到不正常的速度说："早上好。"没人回应。他就自己回答自己说："早上好，栓卡老师。"这样才有几个人重复他说的话。

尼蔻把那张白色硬卡纸条又从文件夹里拿出来，仔细地看，用手摸了摸。

"啊，今天是周一！谁不喜欢周一，举手。"他自己把很胖的手举起。

几乎全班举手。栓卡自己哈哈哈哈地笑了。

"啊，现在谁感觉有点困，举手。"他又举起自己的手。

尼蔻还在低头看那张纸条。

"尼蔻,你累吗?"栓卡探头到尼蔻桌旁。

尼蔻赶紧把纸条压到文件夹下面。动作太大,发出很大声音。她看向栓卡老师。

"呃,对。"

"现在能听到我说话的,击掌三下。"不整齐的击掌声。我不耐烦地放下笔拍了三下手。

"好,打开电脑打开卷子第二十三。"

今天在学"扫罗让位给达味"。

尼蔻偷偷摸摸把纸条放进文件夹,小心地把四角都捋平。

最后一节课是自习课,尼蔻还是和我一节课。

"记得一打铃就赶紧收拾书包跟我去乐队琴房。"我在写数学作业,尼蔻说道。

"为什么啊?"

尼蔻看着我,没说话。很无奈的眼神。

"你说呢?"

我想起来了。我把尼蔻一天都在操心的那件事情给忘了。

打铃后我们收拾书包去三楼琴房。

"你当守卫,千万别让人进来!假如谁要是朝这儿走来你就大声说'嗨,谁谁谁'这样我就可以停下。"尼蔻说。

我把后门关上。站在前门。尽量用头挡住门上的小窗户。

尼蔻跪在地上,打开放在地上的贝斯琴盒,把那张她今天看了无数次的纸条塞到贝斯琴弦的下面,颤抖地把琴盒关上。那是 M 的琴盒。

"好了。"

她刚说完话,德斯老师背着包推开门。

"嗨,德斯老师。"

尼蔻看了我一眼。时间刚好。

春假

1

现在是晚上 9 点 48 分。

刚上了大巴,我是第二个被点名叫上去的。第一个是蕊卡,她读高三。我认识她,但是之前没怎么说过话。她给我的唯一印象就是喜欢在社交网站上说脏话。她的眉毛很黑很粗,脸煞白,头发很卷,毛茸茸的,画着很浓的黑眼线。她之前说好了到时候住宾馆和我一个房间,因为大部分学生都是高四的,她不熟。

我跟在她后面,她走到靠后面的位置,在靠窗的座位坐下。我坐到她旁边,把带来的枕头和毛毯放在后面,怕到半夜时想躺着睡。

今天是 4 月 5 日,周日,复活节。一周春假的第一天。我们在去往南方的大巴上。学校组织的旅游,去马丁·路德·金领导民权运动的几个重要城市。报名时要写为什么想去,我当时想了很久,随便找了些理由。

其他学生陆续抱着枕头和毛毯上来。大部分是我们学校的学生,有两个是其他学校的。

车开动了，慢慢驶出我们学校的停车坪。黑夜中的路灯在晃。我突然有种舍不得离开爸妈的感觉，但想想我去美国的南方或者北方，和我爸妈隔着的都是一样远的太平洋。我喜欢长途车，我就想一直这样行驶在黑夜。安全。

坐在蕊卡旁边我不知道说什么。她在玩手机，但我看到她无聊地翻着手机屏幕。屏幕上有一个看上去头发有些长，脸上有些痘的男生。

"哈哈，这是谁呀。"我摆出一副有些八卦的表情。

"我男友。"

"他哪个学校的啊？"

"其实我也不知道他那学校叫什么，离这儿不远。"

"哦！他几年级？"

"十二。"

"哦，你啥时候认识他的？"我只好不感兴趣也要装着感兴趣地问下去。

"两个月前，网上认识的。下下周舞会我跟他去。我打算做一个纸盒子，里面有一扇门，写着：舞会？和我？我给你看照片。"她打开手机相册。

"真的？好主意。你裙子选好了吗？"没想到她这么开朗。

"还没有，我打算等我们周五到亚特兰大购物时间时再买，这样就没人跟我撞裙子了。"这个白鱼湾镇只有一个很大的买衣服的地方。

然后我就不知道说什么了。

"明天的计划是什么？"

"我们去孟菲斯，田纳西州。去马丁·路德·金被枪杀的宾馆博物馆。"

快到 11 点的时候我已经开始瞌睡了。我有点想到后面我留的座位去躺着睡，但又有点不好意思直接离开。蕊卡戴着耳机睡着了，我就悄悄到后面睡了。腿放不下，只好伸出到走道。隔着走道坐着的是一个别的学校的中国女生，她开着夜灯在写作业。我发现她长得有点像我初中的教英语的班主任。

我看到坐在她后面的是一个长得有点帅的男生，也是他们学校的。

半夜，车停了，司机让我们去上厕所。太黑，我让蕊卡陪我去。她说现在我们在伊利诺伊州，很长的一个州，走六个小时也出不了。

天刚刚亮的时候车停在一家快餐汉堡店。每次点餐我都很紧张。不戴眼镜我看不太清菜单，就算看到自己想点的不会发音也很尴尬。

点餐后我看到周围坐的除了我们这一行之外大部分是黑人。

吃完出门时我们听到后面正在吃饭的一个不认识的老人说："祝你们有好的一天。"

出来后，蕊卡说："那是神经病吧，我都不认识他，田纳西人真奇怪。"

我们到了那个博物馆。外面空气闷热潮湿。熟悉的感觉。

那是个双层楼的建筑。二楼阳台挂了一个花圈。我们围在马丁·路德·金受害的那个房间，隔着玻璃看。鼻头贴到玻璃上，呼气把玻璃染白了。床上歪放着一张报纸，两个咖啡杯摆在窗前，一杯比另外一杯里的咖啡多一点儿。灰尘漂在表面。他死的那天穿的外套搭在椅子上。之后我们又去马路对面的一栋房子，那是杀手当时射击的地方。他是从厕所窗户瞄准的。给我印象深的是同样隔着玻璃看到的有点脏的变黄的马桶。

中午巴士把我们带到孟菲斯的市中心。下车的时候每个人都跟司机说一声"谢谢"，他对每个人都会回复"不客气"。一个接一个，很快。他有点胖，白色制服兜着肚腩，坐在驾驶座像一块快化了的、已经没型了的奶酪。

中午的阳光照着马路，地面散的热透过了我的鞋底。我想让这样的温度维持久一点儿。在威斯康星州现在光穿一件长袖还有点冷。我想找一家小吃店，尝尝当地的小吃。这里的市中心和密尔沃基的市中心有点像，也像广州很远的郊外刚刚建成的开发区，只是旧了一点儿。路上没有几个人,但旁边的蕊卡说这里真热闹。

她看到一家服装店就着急地走进去,对每件衣服和鞋子都赞叹一番。

她在大街上看到一条狗,就跑上去摸半天。那是一条很大的棕色狗,流着口水。

她不想找我说的小吃店,拉着我走进了一家全国连锁的快餐店。

菜单上有很多辣的东西。

我们散步走着走着走出了那里繁华的路段,走到一个湖边,湖上有一座桥,有一棵正在被风吹掉花瓣的樱花树,还有一条铁轨。我在铁轨上走,蕊卡说,"你不要命了嘛"。

我们回到繁华地段。路边几个黑人工人在打地基。我们不知道拐到哪条路,这里的人更多了一点儿。民谣音乐在大街上放着,一家家小店里面有些黑,潮湿生锈的味道。我想起以前小学放学后同学们都去的那些卖辣条的油腻小店。

下午,到了我们要住的宾馆。老师念分配房间的名单,分给我们的房间一共住了四个人。

"安妮、蕊卡、敏悠、丁娜。503 房间。"

我发现昨天晚上看到的那个很帅的男生也跟着我们一路去房间。我以为他只是同路,没想到在蕊卡拿房卡开门之后他也跟了进来。

"嗨,我是丁娜。你们俩叫什么名字啊?"那个"男生"说。

"哦!啊,我叫安妮。"我还是一时没有反应过来。

"我,蕊卡。"

"我是敏悠。"另外一个长得像我初中班主任、穿着红色格子衬衫的中国女孩说。

没人再说话了。

我拿出电脑,看我无聊时才看的皮肤画得白得跟荧光灯似的,煽情发嗲做作浮夸,但每集结束前都吸引你接着看下一集的古装剧。蕊卡在看她的手机,不停地打字。

我和蕊卡一人占了一张床。一共就两张床,老师分了四个人。丁娜和敏悠在旁边的沙发上坐着。

从第3集看到18集,已经晚上10点多了。屋子里没人说话。

敏悠已经洗完澡准备睡觉了,她说她要睡沙发。蕊卡说她睡觉到处乱踢所以她得一人睡一张床。我睡觉也乱踢,小时候几次睡觉时从床上滚下来。

"我们玩个游戏呗!蕊卡想个游戏。"我说。

"玩'我从来没做过……'吧。"蕊卡走到她们的沙发旁,盘腿坐下。我也坐下。

"好!来来来。"丁娜说。我们三个围坐在敏悠躺着的沙发旁。

她戴着红色的大耳机,闭着眼睛。

"哎,等等!怎么玩怎么玩?"我说。

"我们快开始!"

"怎么玩啊?你得告诉我啊。"

"就是每个人都举起五个手指,轮流说'我从来没有做过……',说一个你从来没有做过的事情,假如谁做过就得放下一个手指。最后手指最多的赢。"

"来来来!开始。"

"呃……你们能不能去那边床上玩。我需要睡觉。"敏悠翻着白眼说,像极了初中的班主任对那些没交作业的人的表情。

我们互相看了一眼。

"我从来没有抽过烟。"我们一起坐到我的床上。我说。

蕊卡放下了她的一根手指。

"我头发从来都没有自然卷过。"丁娜这句话是针对蕊卡的。蕊卡有一头非常卷的黑色卷发,她又放下了一根手指。

"哦,对,话说你头发咋那么好玩。我好喜欢你的头发。"丁娜说。

"因为我是黑人混血,我爸是黑人。"蕊卡说。

"哦!怪不得。你只是头发像黑人罢了,你脸那么白!根本看不出来。"

"我知道。我这次来就是想晒黑一点儿。"

"我从来没有离开过美国。"这是针对我的。

我放下一根手指。

现在大家还不熟都说这些基本的。说了几轮这些"我没吃过什么,我没去过哪儿"之类的。

"我从来没有对女生产生过什么感觉。"我实在想不到别的就说了这个,因为我觉得大家都没有。

蕊卡和丁娜对视了一眼。不约而同,笑了一下,然后就爆笑出来。

她俩都各放下了一根手指。

我愣了一下,但是脸上没表现出什么。

"你们俩不会吧,我今晚还得跟你们俩其中一个睡一张床呢,别吓我啊,你们。"

"哎,不对!蕊卡你不是在和一个男生谈恋爱吗?你咋?"我又说,没控制音量。

"哈哈哈哈,放心吧。你是安全的。"蕊卡说。

"我从来没有亲过一个女的。"我现在已经有她俩的把柄了。

她们又各放下一根手指。

丁娜说她要跟同年级一个女生去参加毕业舞会。她给我们看了她约那个女生去舞会的照片。她的双手上和那个女生的手上用红色颜料分别涂着四个字母:PROM(舞会)。丁娜穿着一件白色的T恤,上面有她自己画的一个红色问号。

敏悠在那头的沙发上起来了。她穿着一次性拖鞋,慢慢走向我们,走到我们的床边停下。

用单眼皮的眼睛,瞪着我们。

"你们给我闭嘴。"

"我要睡觉。"她说得很慢,咬着牙。然后转身把灯关了。

我们愣在那,不敢多说一句话。

我和蕊卡赶紧躺到床上装着睡觉。丁娜回到另一张床。

我把自己缩到床的另一头,尽量离蕊卡稍微远一点。

2

旅游车里开着空调,空气感觉很熟悉。

蕊卡说,我们现在准备去参观一个有关非洲奴隶运往美国历史的博物馆,那是在一个依旧像20世纪60年代的老街区。一路上太阳把马路照白了。大巴在一栋有点旧的三层楼房前停下。楼房的外墙发黑,长满了苔藓。

大巴停下,我们准备起身下车。但老师让我们坐下。

"你们!给我听好了!不许拿手机,不许拍照,不许摄像。

你们这群东西给我滚下车!"一个穿着白色 T 恤、声音沙哑的黑人老头冲上我们的巴士大声喊道,手乱挥着。

我们互相看了看,安静地排队下车。路过司机座位的时候没人说"谢谢"。

"下来下来,动作快一点儿!男性站右边,女性站左边。从高到矮一字排开!"他用手指指着我们。我听着有点怪,也有点生气。这算是性别歧视。

丁娜站在我旁边。

"你这个东西,滚到这边来!你一个男的站在左边干什么!"他朝我们这边吼道。

敏悠走上前去,捏着自己的手。她以为他在说她,她没听清他刚刚具体说了什么。很浓的南方口音听上去像在说唱。

"不是你!不会听吗?耳朵有问题是不是?"他朝她吼完之后又对她笑了一下,拍了拍她肩膀说了句什么。

"全部人转过身。背对墙!把手背到后面。"他从右走到左,检查了一遍。

"转过来!拿出双手,手掌向上,再手掌向下。张开嘴伸出舌头!我要看看你们有没有病。"他检查了每个人。这时候我才发现原来他在演戏。

我们排队进入那栋老楼。男性走在前面。我们进入一间很黑的屋子。两边墙上都是非洲传统的壁画和雕塑。

"现在你们来到了一片新的土地。你们的船已经走了,你们再也不可能回到你们的故乡了,没有回头路。从今往后,你们就是奴隶了。"他在黑暗中说。

我们又来到一间黑屋子。里面有一艘木船,上面有几排座位。

"男性可以坐在这个船上。女性站着。"他说。

屏幕上,大海上狂风暴雨,还有生病的人的呻吟声。

站得我脚有点累。所以我两只脚换着支撑。

我们现在要低头弯下腰,蹲着钻过一个洞。我们来到另外一间屋子,散发着潮湿的味道。我看到一个牌子上写着"奴隶市场"。

"现在我们在奴隶市场。你们都是等待出售的奴隶。现在我要挑几个比较壮的。"

他从左走到右,点了几个比较高的男生,其中包括这次旅游中唯一一个黑白混血的男生。他走到女生这边的时候点了丁娜、敏悠,还有两个有点胖的双胞胎姐妹。我没有被选上,有点失落,但不知道被选上是好事还是坏事。

他把那些强壮的奴隶带到一间小房间。我们站在房间外,听到里面有几声很响的撞击声,还有几声尖叫。我和蕊卡互相看了看。我弓着背,有点直不起来腰。有人在黑暗中笑。旁边的一个头发剃光的准备当修女的黑人老师,用眼镜下面很圆的大眼珠瞪着笑声传来的方向。

"有什么好笑的!"

他出来了。

"你们,这群不中用的弱奴隶,跟我过来。"

我们跟在他后面,脚步放轻。他绕到另外一个房间,我看到两个同学被吊在了绳子上,其中包括那个黑白混血的男生,剩下的躺在地上。我想找找丁娜,但是没有找到。

"这就是这些想逃跑的奴隶的下场。你们看到了吗?最好给我有点自知之明。"

参观结束了。那个穿白色T恤的人已经喊得满头大汗。

我们走出这栋发霉的老楼。阳光刺亮,突然弄瞎了我的眼睛几秒钟。还是依旧干燥得裂缝的热空气。我看到我们的大巴车已经在门口等着。司机仍像一摊融化了一半的香草味冰激凌堆在驾驶座上,双眼盯着手机屏幕,在笑着看什么。

钻石和石头

1

今天的数学课呆蒙（Diamond）来上课了。

这让黑色细镜框架在鼻子上的富兰克林老师有点受宠若惊。她双臂大幅度挥动着走到呆蒙的位置旁，脖子伸长，单手抱着很厚的磨白了边的绿色的代数 2 课本。

"呆蒙来上课了啊。别的同学借他抄抄前几天的笔记。"

今天，呆蒙穿着绿色荧光的学校篮球队的运动外套，显得更黑了，两个眼白和牙齿白得发光。他还是像平时那样紧闭着很厚的嘴唇，眼睛到处看。目光呆滞。他今年高四，和我这个高一的上同一门数学课。他上了两年都没有通过这门课。富兰克林总是很照顾他，这有点不像她的教学风格。

呆蒙姓斯通（Stone），也是石头的意思。他叫 Diamond（钻石）。刚开学的时候我很快就把他的名字记住了。我也不知道为什么同学都让着他或者逗他。他有六英尺十英寸高。我是五英尺八英寸高，差不多一米七三，我的头到他的胸再往下一点。他上课时总呆呆地望着窗外或者盯着谁看。但他也举手回答问题，尽管经常是错的。

每天上学我去自己储物柜的路上总看到他的储物柜，上面装饰着一个很大的麦当劳叔叔，写着"麦当劳全明星赛呆蒙·斯通"。不知道是什么意思，他爱吃麦当劳也不用这样，毕竟那属于"垃圾食品"。

后来在一个社交媒体上看到他，他没有关注多少人，但有几万个粉丝。他总是发一些打篮球的照片，还有他和女友的照片，每次都是几千人点赞。他女友长得很好看，黑白混血，像他这种长相能有这样的女友让我有点奇怪。于是我上网搜了一下他。他是NBA选秀NCAA世界排名第二的中锋。他储物柜上的麦当劳叔叔是因为他打的是麦当劳美国全明星赛。这或许是连富兰克林都让着他的原因吧。

"呆蒙！听课！你来回答这一道题。你在干什么？！"

呆蒙正含着他的笔盖看着窗外发呆。他坐到最后一排，前面那个位置没有人坐。因为他的腿要踢着凳子，太长放不下。

富兰克林放下写了一半的例题，走到呆蒙旁边。

"把笔盖给我。"

呆蒙呆呆地看了看她，就给了她，上面还沾着口水。

"这个我没收了。等将来你进了NBA我就拿去卖。呆蒙·斯通含过的笔盖，肯定能卖个好价钱。"富兰克林说。她把笔盖放到抽屉里，又回到前面继续在白板上写例题了。

"不赀，不赀。"呆蒙在后面用悄悄话的音量说。虽然很小声，但我坐在他前面的前面的右边还是听到了。

"不赀，不赀，不赀。"听上去有点像中文。但又不知道他在说什么。他周围已经有几个人转过头看他，然后笑了。

"不赀！不赀不赀！"我转过头看他一眼。

"不赀。"他看着我说的。

"什么？"我说。

"不赀。"

"我不知道你在说什么。"周围更多的人看过来。有些人问他那是什么意思。他跟隔着走道的男生悄悄说了，他们在笑。

"这是'中文'。"

"但是我听不懂你在说什么。"

"不赀。"说完就笑。

他们把那个词的意思一传一，周围的人都知道那是什么意思了，在笑。

下课后，旁边我们乐队的学姐告诉我那是婊子（Little bitch）的意思，是别的中国学生教呆蒙的。

这时，我看到一个很胖的墨西哥女生帮呆蒙拿着他的书、笔记本还有笔袋，他什么都不拿地走出了数学教室。

2

今天周五,全校不上课。因为学校的男篮要去州上比赛,学校用两辆大巴载想要去麦迪逊看比赛的学生当啦啦队。车票五美元一人,球票学生价十美元一人。我和尼蔻提前一周就买好了车票和看球的票。

篮球队出发去麦迪逊之前,全校师生都到门口送。队员穿着统一定制的绿色T恤,上面写着我们学校的名字。我们学校的标志颜色是绿色。早上我们乐队把各种乐器从三楼搬到校门口。我们用电梯搬,尼蔻和我要来电梯的钥匙,一进电梯就把电梯里的灯关掉。很黑,老旧的电梯摇摇晃晃。我们说每次用电梯搬东西都是一种探险。我按了地下一楼,尼蔻说你干吗按地下一楼,你不知道我们学校那个传说吗?!

地下一楼到了,一个穿着橙色荧光服的黑人女人进来,拿着拖把。她是打扫卫生的。我们赶紧把灯打开。

我们乐队把东西都摆好了,越来越多的学生涌到门口。挤在两边,留出一条通道。我们开始演奏一首流行歌——*All I Do is Win*(《我做一切为了赢》)。每次学校篮球队在本校打球时,我们乐队当啦啦队都演奏这首歌。总好过我们平时练的20世纪60

年代的爵士乐。

首先从二楼下来了 10 号，黑人，长得挺好看就是有点矮。他穿着荧光绿的篮球队服。他是队上最矮的队员，但球打得不错，很灵活。接下来一个个队员走过被人堆留出来的一条通道。吼叫声漫过我们的音乐声。绿色一片。为了看那些队员，我没有看谱子，后来就跟不上了。

最后一个出来的是呆蒙·斯通。他荧光绿的队服后面写着一个很大的"33"。我还是喜欢叫他钻石石头。他经过那道玻璃门时，低下头。他没有表情，还是很呆。欢呼声更响了。接下来是一个白人男生穿着一件绿色背心，背上裹着美国国旗在大声喊着，他是啦啦队队长。他穿的袜子上有美国国旗的图案，脸上抹着绿色的颜料。当所有队员都走过了这条道，校长拿起麦克风开始讲话。麦克风有点不好用，尖声叫了几下。

"为我们篮球队到州上比赛的欢送会现在开始。让我们祝福我们的优秀的运动员们有足够的力量和勇气，在今晚的州比赛中获得好的成绩。"

然后乐队又开始演奏曲子，欢呼声再次响起。有些女生跳起来拍呆蒙的背。

我们坐在去麦迪逊的大巴上。我在努力地吃一个三明治。尼蔻坐在旁边听《歌剧魅影》里的歌，她让我和她一块听。为了不打击她,就和她一人一个耳机听。

"Oh see can you see..." 后排的人吼唱起美国国歌来。我们只好把耳机去掉。

我感觉整个校车在摇晃。

"USA! USA! USA! USA! USA! USA!" 后排又开始跺着脚吼,有韵律地一遍遍吼,好像要起义一样。

我们校队拿到了 2015 年威斯康星州的总冠军。

尼蔻的日记：舞会

1

我真的不知道自己是怎么度过这一天的。

现在我还呼吸着，正常地呼吸着坐在我的书桌前。

今天 M 看上去很帅，他穿着黑色的西装，虽然黑色的裤子对于他的腿来说有点太长了，裤脚拖在了地上。他在学校旁边的比萨店坐着的时候就一直踩着自己的裤脚。白鱼湾镇的天已经开始暗下来了。他选了一个靠窗的位置，黑色大理石的桌子光滑，白炽灯光被桌面反射。他双手放在桌子上，低着头看握着的手机。他金色的毛茸大卷发看上去有点硬。他鼻子两边和额头上起了几个痘痘，在他很白的脸上显得有点粉。他一边看着手机，一边歪着头咬他右手的食指指甲。他的眼镜很低地架在鼻梁上。我有强迫症，有点想帮他推上去一点儿。今天是学校每年一次的女生邀请男生的舞会。晚餐后我和 M 要去学校的食堂跳舞。

我约 M 是一周前，2 月 5 日，周四，我记得清清楚楚，就在学校的食堂，12 点 5 分左右的时候。我在安妮的怂恿下，拖着脚走到另外一张桌子——他的桌子。

我平时吃饭和安妮坐在一起,还有其他几个女生。安妮不像其他中国学生,她不和中国学生挤在一起坐,而是和我们这些本地学生一起坐。开学初的几天她好像没有去食堂。有一次我看到她小心地拿着她的黑色饭盒袋进了厕所,直到午饭结束才出来。我们这桌子的女生讲的笑话她总是跟着笑得挺大声,有点僵硬的笑。她为了听清我们在讲什么总是只坐半个椅子,挺直了腰,身子向前倾着。她有时会望一眼食堂那头角落三张中国学生的桌子。安妮和我的储物柜挨着,因为我们的姓都是Z开头。我跟她说以后我们都嫁一个A姓的人,这样就可以改姓,不再排在最后了。我不喜欢在众人面前讲话,而且我戴着牙箍说话总是让人很难听清。刚认识安妮的时候她听不懂我在说什么,只是在我说完话之后笑一下。不过一开始我也听不懂她在说什么,她有些口音。安妮过个一两分钟就把黑色长发全拨到背后,再过一分钟就把头发分两边放到肩膀前。就这样一直循环着弄头发。我吃完了炸薯条,安妮吃完了她带的三明治和酸奶。

M身子前倾在听人说话。没打招呼,我问了他一句:"呃,你想跟我去舞会吗?"我说得挺小声的但是他听到了。他说:"好。"当时我简直高兴死了,但是还要装着冷静的样子说:"好,那到时再商量舞会前吃饭的问题吧。"从那天之后,每天睡觉前我就想着舞会的事情,激动得睡不着。我整个星期都在等着他的消息。他问我要不要帮我把舞会的门票买了，我有点不好意思让他买，但我还是说"好"，就像他当时答应我去舞会一样。说了我就后悔了，我也不知道说什么。我一直盼着他的短信，写作业的时候隔两分钟就看一次手机。他问我想不想舞会前到学校旁边一家比萨店吃饭，我说："好。"约好6点吃饭。

　　昨天，也就是周四的晚上，舞会的前一天，我作业多得要死，做到12点多。我爸在一楼客厅对着正在播放橄榄球比赛的电视机大声吼叫，跺脚。二楼书房的木地板好像跟着抖了几下。我写完数学几何题之后他检查了一遍，让我把错的题擦掉重新再写。弄完后已经凌晨1点多了，我爸妈已经睡了。我打开小提琴盒，拿出琴，安上琴托，把弓上紧。我只想拉一会儿琴，把没法跟别人说的话跟我的琴说。快两点的时候我决定去睡觉。去卫生间时我瞥了一眼我哥的房间。他复活节放假就可以回家了。他的房间阴冷，墙上贴的橄榄球明星的大头海报看着我笑。我走过时地板咯吱地响，我们家的房子有一百多年了。安妮给我讲过一些中国古代的鬼故事，她说她看完都睡不着觉，但我觉得那些鬼故事都很荒谬搞笑。洗澡的时候我闭着眼睛，周围很黑，我总觉得好像谁在看着我。我想到M戴眼镜的笑和他毛茸茸的金色头发我就不那么害怕了。之前我跟安妮说了这天晚上我肯定睡不着，但其实我一躺下就睡着了。今天上午第四节世界文化课考试的时候，我根本没办法集中精力，老想着晚上舞会的事，我觉得这次恐怕考不到满分了。

下午一放学，我妈就给我涂了上周末专门买的淡粉色指甲油，我妈说双手放在桌上不能动。我就那样待着一动不动地等了十五分钟，脑子一直在想今晚的舞会，舞会之前的晚饭我该怎么办。我妈又帮我画眼睛画嘴巴的。我从来不化妆，偶尔画一次我就会不记得我化了妆，就在脸上挠痒揉眼睛的，弄得脸上乱七八糟。5点30分走之前，我专门检查了一下我的牙箍上有没有粘什么东西。

5点55分。我和我爸妈到比萨店的时候，M和他爸妈已经在那了。我爸让我们站一起照相，折腾了半天也没照好，有点尴尬。我努力地露出牙齿笑，脸部肌肉有点酸。我爸妈和他爸妈终于走了。

接下来的一小时是我经历过最尴尬的事了。

我们坐在那里。他不说话，我也不说话。我不知道说什么。服务员来问我们吃什么，喝什么。我说香肠比萨，柠檬汁。他说蘑菇比萨，雪碧。然后我们又不说话了。我看着别的桌子，在我的左边有一家人的比萨刚上来，正把餐巾铺到腿上准备吃饭。那个坐得靠近比萨的人，看上去像是父亲，在分比萨。我的右边是马路。天更黑了，车像往常一样流动。路上没几个行人。我从玻璃里看到我自己的倒影,偷看了一眼 M,他一直盯着他的刀叉在喝雪碧。我不知道要说什么。每次他在的时候我就大脑空白。

"你平时喜欢听什么歌?"他说话了!

"呃……呃……呃……"我"呃"了差不多三分钟,有可能更长。

"我也不知道。"我最后说。

他不说话了。

比萨上来了。我们开始吃。还是不说话。

"你什么时候开始拉小提琴的?"他说话了!

"呃……六岁的时候。"

"哦。挺早的。"

"嗯。"

又不说话了。我真的不知道要说什么。

我盯着我的比萨,专心地吃。装出吃得很忙所以没法说话的样子。

他已经吃得只剩下两角了。

"你当时为什么选择读这个高中啊?"他终于说话了!

"呃……"

"呃……"

"呃……"

我"呃"到他把那两角比萨都吃完了。

"我其实也不知道，我觉得挺喜欢的。"

"因为我哥以前上过所以我挺喜欢的。"我不知道我在说什么。

接下来我又假装专心地吃。

2

M吃完了就只好喝他已经见底的雪碧。我不敢直接盯着他看，就装着往左边看然后用余光瞥了他一眼。我猜他应该也是在拖慢速度。

我觉得现在我应该开始吃快一点儿，这样他也不用那么尴尬。我吃饭一向很慢，牙箍让我嚼不快，我今天吃饭前还忘记把那个橡胶圈给去掉了。希望它不要突然断掉，不然就更尴尬了。

我又不好意思说话，我怕牙箍上粘着什么菜叶子或者肉丝。

"呃……我去一下厕所。"我说。急忙起身，起身的时候我的大腿撞了一下餐桌，我的刀叉晃了一下，好像他的雪碧也晃了一下。

"好。"

"安妮，我现在真的尴尬得要死，根本没话说。我要怎么活着度过接下来的舞会?!"我给安妮发了一条短信。我觉得她短时间应该不会回我。

我对着镜子检查了一下我的牙箍,倒没有粘上什么东西。我正想洗一把脸稳一稳情绪,突然想起我还化了妆。

我回到我们的桌子看到他正在玩手机。他看到我回来了就收起手机,对着我点了一下头,笑了一下。

我没回应,我不知道要怎么回应。我只好低头继续专心吃。

吃完了最后一口,我突然想到付钱的问题。除了爸妈和我哥以外,我还从未跟其他人到一个这样坐着付钱的餐厅吃过饭。到底是我们平分、他付还是我付?他已经付了我们两个的舞会门票了,让他再付不太好。

服务员来了,把一个黑色皮夹子放到桌上就走了。我不能表现得我不会付钱一样,特别是在他面前。

"我付吧?"他说。

"呃……好。"我大脑没动就说。

"哦,不,不是,其实我们最好分开付。你已经付了门票了。"我赶紧加上。

"那好吧,听你的。"

我看那小票上一共是三十一美元。那一个人付多少?十五美元五十美分?我赶紧掏钱包,手有点抖。我钱包里没有那五十美分。

"呃……我没有五十美分。"我说。

"没关系,我帮你付好了。"

他用的是信用卡,那得怎么付款。他把卡塞进皮夹子,我也把十五美元塞进皮夹子。他在一张小票上签字。我不知道我要不要签,应该不用,现金付款应该不用。那万一要签呢?好像我们还要给小费。那小费是给多少?我要不要问他呢?如果问了他就会觉得我连小费给多少都不知道。不问那我不给的话更不好。

"呃……我们给多少小费呢?"

"一般来说是3%。"他说。

那31乘0.03是多少?我得用我的手机算一下,我不擅长心算。

当我拿手机算出来的时候,他早就在那个单子上写好数字了。

服务员来了,拿走皮夹子。然后又回来,把信用卡还给他。他的信用卡是蓝色的。我想将来要是我妈让我用信用卡了,我也要一个蓝色的。

"怎么样,你们吃得开心吗?"服务员笑着问。

"挺好的,谢谢。"他说,也笑了一下。

然后我手机振了一下,我妈已经在门口等着送我们去学校了。

"呃……我妈已经到了。"

"好，我们走吧。"

3

"怎么样，那家餐厅的菜好吃吗？"我妈说。

"挺好的。"我说。

我坐在前座，我一般都坐那。他一个人坐在后座，我瞥了一眼他在玩手机。我应该和他一起坐在后座的，但即使我跟他一起坐在后座我也不知道说什么，那会更尴尬。算了，就这样吧。

我拿出手机。我看到安妮回复我了："没事的，尴尬正常。你尽量找话题，比如问问他关于乐器的一些东西。吃完了吗？"

"吃完了，他问了我几句话我都想了半天才说。真的不知道说什么。马上就到学校了！！"我回复。我觉得安妮现在给我什么建议都不管用。

我们进学校后，他把一张粉色的门票给我。我们交了门票就进了食堂。食堂里的桌子椅子已经被推到一边，整个食堂都是黑的，荧光灯还有扫射的那种灯乱晃。在食堂的一角，学校请来的DJ在播放很有激情的电音曲。人都在乱跳，有几个长头发女生像狮子甩头一样甩着头发。分不清谁是谁。我不太喜欢这种场合。

我们谁也没说话。我只想离开这儿。我期望着他能跟我说些什么来打破这种尴尬气氛,我们和整个食堂的气氛太不和谐了。

"你不介意我去找我的朋友吧?"他总算说话了!

原来是说这个。

"当然不。"我只好这样说。他跟我站在一起也是尴尬,他去找他的朋友让我也松口气。

然后他就走进人堆最挤的地方,找他的朋友去了。

我在人群中心的外围,黑乎乎的周围让我感觉好一点。没人能看到我。我还是再去一下厕所吧。

我出了食堂,走上二楼。我推门进厕所,里面有两个女生在对着镜子化妆。我看了她们一眼就赶紧躲进一个厕所格挡。锁上门。这样感觉好多了。这样感觉很安全。

我看到安妮回复我的上一条短信了:"加油,好运!"

看到她的短信感觉有些安慰。但她就说了两个词,好像敷衍我似的。不过现在感觉跟她发短信就像抓住了救命稻草。

"我现在在二楼厕所,我们当时进了餐厅之后他就问我'你不介意我去找我的朋友吧?'我说'当然不'。不然我能说什么?他走我又不甘心,他在这儿又不知道说什么。那他不会整个舞会都跟他朋友在一起吧?"

我坐在马桶上,等信息。

"这样也正常,他不可能整场舞会时时刻刻都跟你在一起。

你在厕所休息休息就再去食堂,等会儿估计要一起跳舞,你别让他找不到你。"

我坐在马桶上休息,想睡一会儿觉。

不知过了多久,感觉有很长一段时间,我用脚踢了冲水键,假装上了厕所。然后我出来,打肥皂洗手,因为我都已经冲水了没理由不继续装下去。

我回到餐厅,现在还是在播一首很快的歌,应该挺流行的。之前听过,但我对这种流行音乐不太感兴趣。我在人群外围又站了一会儿,别扭地晃了晃。我不明白为什么他们能那么自然地跳舞。我想知道他在哪儿,但是我没找到。我挤到人群里面,这样好像感觉更安全一点。我真希望安妮也能来这个舞会。我闻到各种香水味和汗味,感觉挺安全。

突然音乐变成一首很慢的抒情歌。灯光都变得缓慢,粉色。朋友都分开了,变成一对对地跳舞。现在落单一定很尴尬。我该怎么办?现在他在哪儿我都不知道。

4

我正准备再去厕所躲一会儿的时候,他从人群中走了出来。

"你愿意跟我跳一支舞吗?"他说。

"当然。"

我把手搭在他肩膀上，总觉得别扭。我扭过头看看别人是怎么跳的。别人跳舞看上去挺正常的。我不敢看他，就闭上眼睛。我不知道他是在看我，还是在看着别的地方，或者也是闭着眼睛。

我闭着眼睛感觉有点晕。然后我踩到了他光滑的皮鞋，我的脚蹭着他的皮鞋又滑到了地上。我俩都绊了一下。我睁开眼睛说："不好意思。"

"没关系。"

我继续闭上眼睛，我感觉那首歌好长。然后我左脚的鞋边踩到了我自己的右脚。

歌曲完了，又开始播放快歌。他松开我，点头笑了一下。"你不介意我再回到我朋友那里去吧？"

"当然不。"一个机械的回答。

我站在人群外围，看到一个中国男生穿着一件很宽大的白色T恤开始跳舞。他沉醉地把自己都跳进去了。好像他跳得很专业，比周围那些乱扭的好多了。接着一群学生都围过来，包围着他看。舞会的中心突然转移到这边了。我看到M也凑过来看了。

一个高个子的金色头发的男生被人群推到中心，让他跳舞。那个圈好像变成了比舞台。那个金发男生扭捏地晃了几下就回到人群里去了。那个中国男生好像什么也没看见一样忘我地跳。他的白色衬衫都湿透了，露出了肉。

不断有学生被推到中间，都随便跳了跳然后又回到人群。那个中国学生好像无限循环地跳。别人喊他他也不理。

然后，几个本地大个子的学生商量好了似的冲到中间，把他硬扛了起来，好像要扔出那个人群中心一样。他们把他抬到角落然后放下他，在笑。人群中心又回到了原来的位置。那个中国学生不再跳了，坐到那边的椅子上休息，喝水。

两个小时的舞会完了。我妈给我发短信说她已经在校门口接我了。我去衣物柜拿走我的外套，离开了食堂。我回头看了看，想跟 M 说再见。他在跟高二一个学姐聊天，笑得好像挺开心。

我站在走廊等。他们停下来了。我走上前。

"我得走了，今天晚上很开心跟你一起来舞会。再见。"

"好，谢谢，我也很开心。再见。"

推开学校的大玻璃门，外面的冷风突然浸没我。我看到了我妈的车灯，感到些许安慰。

我系上安全带。安妮来短信了："怎么样？"

"我推荐你听一首歌叫《梦》，里面有一句话是：'我们都生活在一个梦里，生活不是想的那样，一切都是乱七八糟。'"

去学校的路上

每天从住的地方到学校要骑车十五分钟。

冬天天亮得很晚。每天早上床头的闹钟在5点45分会响,我从被子里伸出手按掉它,继续睡。闹钟每5分钟响一次,我在闹钟6点响的时候起来,但还是躺在床上。看一看手机,打开微信跟我妈发一个"起来了"。

当微波炉的红色电子时间显示到6点30分的时候我就出发去学校。我得记得带上我的黑皮厚手套、蓝色保暖帽子和一条围脖。我把黑色手套装进大衣两边的口袋,这样省事。到车库拿我的白色自行车,我一般不锁紧,只是挂上锁,但看不出是没有锁。戴上头盔之前我要戴上围脖,然后戴上帽子,最后戴上手套。我用力踩一脚黑色的电线,它是车库门的开关。白色的门慢慢向上打开,外面很黑。我骑上自行车,感觉安全了一点儿。我的呼气进入围脖,然后我又吸进去,早饭的味道,难闻。我要经过一段有很多冰的路,上次我在这里滑倒了,这次我要下来,推着车走。差不多有十米。现在我就骑在一条安静的街区的路上,两边都是住户,没有窗户亮灯。两边种满了一样高的树,干枯的树杈。蓝色的大垃圾桶摆在每家小道的门前。

我记得住每家的房子，虽然它们看上去差不多。有时经过一家房子，后院的狗就大声叫，让我感觉好像做错了什么一样。偶尔有汽车经过，很远能看到白色的前灯，在雾里。照得我眼睛晃。我不想被这样明亮的车灯照着，不想被发现。我现在裹得跟养蜂人一样，只留一双眼睛。偶尔会看到有人遛狗，低着头，双手放在黑色大衣口袋，狗链子在手腕上，一个人走在空荡的房前小道上。

到学校对面马路停自行车的位置时，我得把头盔卸下来，把帽子和围脖取下来装进书包，手套塞回口袋。我还是照样不好好锁车子，装着锁好了的样子。这时差不多是6点45分了，天开始亮起来。

我更喜欢放学。3点多的天很蓝，阳光融化一切。下午一般不太冷，我就不戴帽子和围脖了，但还是戴上手套。还是走同样的路，但感觉没那么长。有些小松鼠灰色的尾巴很长，毛茸茸，蹲在大路上，我的自行车靠近的时候，它们就蹿回树洞里。还有灰色的鸟。4月份的时候雪化光了，有的人家门前绿色的草地上有小孩在玩，叫。也有其他骑自行车的小孩，五颜六色的自行车。有些小孩会愣愣地盯着我骑过。

每次回去必经的一个十字路口有一户人家，灰色的平房，后院有一个小小滑梯和一架秋千。没人的时候,铁秋千被风吹得直响。不过常会有一个穿红衣服的女孩在荡秋千,荡得很高。我骑过去的时候,她笑着大声喊我:"嗨!"一开始我转过头以为她是叫别人。我觉得有点奇怪,因为我离她挺远,而且没有不认识的人这么远还打招呼的。我就说:"嗨。"比她说的小声多了,像是说给自己的。不知道她有没有听到。

夏节上的印第安人神父

今天是印第安人每年一次的夏节。

节日在密尔沃基市南边印第安保护区的赌场附近举行。我从来没有见过印第安人，只是小时候在电视上看过动画片里的印第安人——棕色的脸上画着几道白，头上插着好像鸡冠一样的羽毛，穿着像原始人式的衣服。

在去的路上，我问蒂姆白人刚到美洲的时候，是不是杀了很多印第安人。他没有直接回答我的问题。"我们美国政府是有建保留区保护着他们的，而且各个州的法律是不可以管他们的，像他们可以有权利在自己的保留区开赌场之类的。我们已经尽量给予他们很多自由……""那到底是不是白人杀了他们很多人？""美国政府给他们在全国建了三百多个保留区，还给他们还原自己的生活，生活在自己的社区，有自己的学校……""那白人是不是杀了很多印第安人？""是。"他说得有点不情愿。

夏节庆祝的地方在室内，要买票进去。进门后看到有很多穿着传统印第安人服装的人围着大圈在跳舞。他们的脚踝和手腕上绑着铃铛，随着跳舞的脚步有节奏地响着。他们穿着各种颜色的带穗子的裙子,光滑布料反射着灯光。被大圈围着的是很多个部落的人围成的不同的小圈,几个人头对着头击打着鼓,甩着头。围着跳舞的有留着灰色长发编成辫子的老人,还有胖小孩。有个跳舞的人,棕色皮肤,投入地扭着、甩着头好像喝醉了酒站不稳。一个长着白发的印第安神父,脸上长满皱纹,穿着传统服饰,跳舞的时候不停地出汗。

我排队去买印第安薄饼。坐下来遇到一对印第安夫妇,他们穿着普通的衣服。妻子编了辫子,她笑的时候牙齿露出很多,牙龈已经很少了,牙齿之间的缝隙是黑色的。她详细地跟我解释哪个酱蘸这个饼子好吃,要怎么吃才好。她介绍我去他们印第安人的教堂。

那教堂没有什么其他人种的人。教堂在一个偏僻的街区,有点旧。进门后闻到一种奇怪的香的味道,祭台和一般的教堂不一样,比较低。圣母玛利亚的雕像和圣若瑟的雕像的脸都是印第安人的长相,他们的手上插着印第安部落的旗子。早上 10 点 30 分的弥撒,到 11 点才正式开始。这个教堂没有跪凳,只有一把把的木椅子。弥撒开始,前后左右的人都在聊天问候,用着带点口音的英语。在教堂服务的义工递给每人一个沙锤,我不知道是干什么的。

神父穿着有点印第安特色领子的白色袍子走上祭台。一个白发老头在祭台边唱他自己部落的歌曲，弹着尤克里里，声音低沉。有四个人在祭台后面一点儿的地方头对头围在一起有节奏地敲鼓。所有人站着朝前方鞠躬，又朝左边鞠躬，然后是后边和右边。

印第安人有一种挂饰叫"捉梦者"。人们一般把它挂在床头。"捉梦者"中间是麻绳编的圆网，下面是羽毛。据说，它上面的网会捉住噩梦，下面的羽毛能留住美梦。

我很庆幸我长得和他们没有太明显的不同，可以混在里面不显眼。旁边的蒂姆显得有点尴尬。

尼蔻的爸爸

我这个星期去尼蔻家住一周。

我住在她哥哥的房间。她哥在另外一个州上大学,过大节日才回家一次。他卧室的墙纸是墨绿色的,整个房间贴满了威斯康星州某个橄榄球队的标志,一个黄色的G。正对着门的墙上贴着一张旧电影海报,上面用粗体字写着:"谁是你爸爸?"柜子上摆满了篮球明星和橄榄球明星的摇晃头玩偶。他的高中毕业证——一个黑色硬皮本竖着摆着。他现在大学的蓝色旗帜和录取通知书。

他的书桌上摆着一部 ipod3,布满了灰尘。还有他小时候的照片和收到的生日礼物。我看到有一片绿色的糖纸整齐地摆在书桌上,上面用中文写着"番石榴糖"。尼蔻说一个中国同学给了她哥那颗糖,他觉得太好吃了,就没有舍得扔糖纸,一直保留到现在。我想起那种糖是我过去到小学对面卖辣条的地方经常买的,五毛钱一大包。

尼蔻的爸妈一直待在一楼的客厅。她爸总是穿着一件红色的套头衫,上面画着威斯康星大学校篮球队的标志——一只白色的獾,那是他的母校。她爸戴着厚镜片的眼镜,脖子向前伸着,眼睛往外凸。他总是喊着尼蔻下来给她检查数学，再让她把错的题全部擦掉重新写。尼蔻不停地在翻白眼。

她妈妈好像总是穿着淡蓝色的毛衣，无论春夏秋冬。毕竟威斯康星一年四季都好像是冬天。她的手背上有皱纹和灰色的斑点。尼蔻遗传了她的金发。她笑起来眼角有很多皱纹。

每天晚上尼蔻写作业到凌晨一两点，再洗半个小时的澡。第二天一早5点40分她爸妈轮流叫她三次。她妈把煎鸡蛋做好，放到吐司上，旁边放一盒果汁，摆好餐具，又上去叫她。她早上起来的眼神只盯着一边，机械地啃着面包，看着餐厅玻璃门外面灰蒙蒙的掉了叶子的树林。

从她家到学校开车要半个小时。她一上车就闭上眼睛。她妈说赶紧把手套戴上衣服穿好，不然感冒了。

我现在在房间里写作业，台灯太暗。听到楼下她爸的叫喊声，我以为他在打尼蔻，因为她又做错了哪道几何题。我下楼看了看，她爸还是穿着他的红色套头衫，挥着拳头对着电视机大吼。电视机里正在播放他支持的篮球队和另外一个大学球队的比赛。感觉有点像我姥爷看新闻联播在播有关日本的某则消息时的吼骂一样。

2015年美国大学生篮球联赛的最后四强赛，尼蔻她爸支持的威斯康星獾队也在里面。她爸知道獾队进了四强之后，激动地吼着要去印第安纳州看獾队和杜克大学队的比赛。赛票一千美元一张。我和尼蔻趴在床上，我写英语，她写数学作业。听到她爸妈在楼下大吵。

"这票价很贵。"她妈说。

"我知道！但是我必须去！"她爸吼。

"在电视上看看就行了，没必要去现场。"

"你不懂！我和我朋友都商量好了要去，这票已经算是很便宜了！"

"还要飞到印第安纳，还要住。"

"你懂个屁！你都不能理解！我是威斯康星大学的老校友！当然要去支持我大学的球队，你又不是从那儿毕业的！"

"你要去就去。"我觉得她妈的语气有点像我姥姥。

尼蔻的爸爸妈妈都是我们现在的生物老师安德鲁教过的学生。她爸是个书呆子，她妈也不喜欢说话。安德鲁给我们说过他的课好像是婚姻介绍所，几个学生在他的课上认识，后来结婚，现在他又在教他们的孩子。我和尼蔻是他带的最后一届学生。

尼蔻他们一家最后还是去了印第安纳。尼蔻她妈把藏了半学期的尼蔻最喜欢看的书拿出来，让她在宾馆看。她给我发短信说一个人待在宾馆有点害怕。威斯康星大学队输了，她爸说比赛很好看。尼蔻以为她爸会做出很多极端的事情，不过他没有。

零小时

每天早上一个小时的零小时时间。从 7 点到 8 点。

我选的零小时是乐队。德斯老师是个新老师，才大学毕业没几年，所以偶尔迟到一下他不会骂人。7 点钟的天刚刚亮。一楼走廊的灯光刺眼，像刚睡醒睁不开眼睛。零小时选了体育课的人穿着黑色长羽绒服，里面穿着运动短裤和背心，脚穿色彩鲜明的运动鞋。

尼蔻总是比我晚一点到储物柜。我把书包里的东西掏空放进储物柜，再把第一节生物课需要的紫色笔记本、学校统一发的绿色作业登记本、装着我所有科目卷子和作业的黑色文件夹，还有我的笔袋，拿出来放到地上。再一手拿起小提琴盒，一手抱起书。这时候尼蔻差不多到了。我站在储物柜前等她把书包掏空再拿上要用的东西，她总是把一上午的课要用的东西都带齐。

琴室在四楼，我们喜欢走到走廊那头从偏楼梯上去。

我们到的比较早。德斯老师刚刚开了门。乐队里最积极的鼓手保罗比我们到的早，他高二，乐队里什么事情他都管。

我和尼蔻坐在左边小提琴手的位置，她在我的左边。我把琴盒拉链打开，把弓拿出来，上紧，再擦点松香。擦松香的时候我的弓尖会戳到尼蔻的脸，她一会儿又戳回我。她说这是"世界乐器大战"。

拿出琴调音。这时乐队里十多个人都到了。德斯老师穿着一件灰色的毛线衫，白色的衬衣领子。肚子还是有点凸出来。他刚剃了头，头很圆。他在白板上写下今天要练的曲子。

先集体调音。每次调音的时候德斯老师就把灯关掉，教室就黑了。他说这样就不会被灯发出的声音干扰，可以听出标准音和自己的音微小的差别波动。这时候我就想睡觉了。我盼望着他不打开灯。

我们今天练《冰雪奇缘》里的主题曲 *Let It Go*，这是为圣诞音乐会做准备的。我们有四个小提琴手：萨拉——一个黑人胖女孩，尼蔻，我，还有艾丽萨——黑人女孩。艾丽萨好像是自学的，有一两个音符她总是不确定该用哪个手指按在哪根弦。

开始是小提琴部分，轻声的四连音重复好多遍。我正投入时，德斯就说："停！重头来一遍，你们要听上去是一个小提琴在演奏，不是一群小提琴。"就这样重复，重复。

这时候莱拉脚步很轻地打开琴房厚重的木头隔音门，探头进来。放下书，踮着脚，抿着嘴坐到电子琴前。莱拉又迟到了，她今天穿了一条红色的裙子，好看。

"莱拉,我们现在在练 *Let It Go*。"德斯说。

莱拉是我介绍去乐队的,她是中途加入的。她来自上海。她加入乐队后没有一天准时上课,她总是起不来。有时她不来。德斯老师从不骂她,只是在她零小时的成绩那里打一个 F。她没查成绩的时候觉得这老师真好,迟到也不骂人。

德斯老师不停地叫停之后,7 点 55 分。他让我们自己从头到尾演奏一遍,他保证不会再干涉。

快到结尾的时候他又叫停了一次。下课铃响了,我拿起课本和笔记本走向生物课教室。我知道我一个上午脑子里都要哼着德斯老师叫停之前的那一段旋律了。

芭芭拉安的魔力

今天是星期六。我们乐队去 NBA 雄鹿队表演。德斯老师是这么说的。我猜我们会在球场里面表演,但又有点疑惑。我们乐队也不是那么好,一般是最好的乐队才会去这种场合表演吧。

天快黑的时候,我们穿着乐队统一发的绿色长袖,风吹着掉光叶子的树,干枯的树枝像尖锐的小拇指的指甲。我怕冷所以在长袖里面穿了一件毛绒保暖衣。

从三楼把所有器材搬下一楼再装进面包车的后备厢。我和尼蔻都拉小提琴,容易背来背去。这估计是当初我读小学一年级的时候我妈逼我学小提琴的其中一个重要的原因,另外一个更重要的原因是我妈听说学小提琴的指法对数学脑子的开窍有好处。尼蔻爸妈在她二年级的时候问她想学什么乐器,她说学小提琴。我们把架子鼓卸了分开装在黑色的袋子里再放进面包车。

我们提前到了雄鹿队的主场体育中心。排队安检和验票。

我今天下午出门的时候忘了带上我的眼镜。想到要一直眯着眼睛看比赛肚子就有点疼。德斯老师让我们把乐器都卸到检票大厅再往里一点儿的小舞台上。我们是给走进来看比赛的观众表演,不是像啦啦队一样在中场休息的时候表演。

我们和另外一个高中的乐队一起表演。他们统一穿着布料光滑的蓝色外套。他们乐队没有一个小提琴手。德斯老师让我们拉小提琴的坐在第一排靠中间的位置，因为我们声音太小了。我有点羡慕弹电子贝斯的人，他的声音总是很大而且很独特。

观众陆续入场了，我们开始表演第一首曲子，叫《芭芭拉安》。这首曲子很老，但是太能洗脑了。每次早上练过一次，接下来的两天都逃不出它的威力。总是不停地哼。我和尼蔻叫它芭芭拉安的魔力。现在演奏这首曲子可以给走来走去的观众洗脑，感觉有点幸灾乐祸。

我看到坐在后面的其他学校的一个吹小号的男生有点帅，给尼蔻指了指。

几乎所有观众都进场了之后，我们才收拾好乐器进去，这时比赛已经开始了。这场比赛是雄鹿队对开拓者队。

我们的座位很高。我眯着眼睛想分清现在比赛是什么情况。过了好久我才弄清穿白色衣服的是雄鹿队，穿红色的是开拓者队。刚坐下一会儿尼蔻就想去买水喝，我们绕着座位出去。尼蔻对篮球不感兴趣，我没戴眼镜也看不清。周围也有很多在大厅里游荡的人。我们回到座位，一会儿又出去，又回来，又出去。最后坐在我们后面的一个金色长卷发的人朝我们吼来："你要看就好好坐下来给我看！挡着我视线干什么！"

感觉像在我妈平时买菜的菜市场遇到大妈吵架。中场休息的时候有啦啦队表演和特技投篮——人从海绵垫上弹起然后从高空扣篮。和比赛相比这个好像有意思一点儿。

雄鹿队的 34 号甘尼斯·阿德托昆博的弟弟在我们学校上高中。他总是穿着裤裆很低的黑色短裤。胳膊和腿很细，好像有弹力，可以无限拉长。他的头像鹌鹑蛋一样小。他在我们学校篮球队里的号码也是 34 号。

最后雄鹿队 101∶99 赢了。人们都站起来欢呼鼓掌，我也跟着站起来了。

出了体育中心，黑夜开始飘雪花。落在雄鹿队绿灰相间的毛绒帽子上。人们把手插在口袋里低着头走，笑着讨论今晚的球赛。我觉得我的额头有点烫，可能发烧了。

矮个子教练冉娜

今天下午放学后，排球队三点半在圣约翰高中比赛。我们有半个小时的时间。最后一节课是富兰克林的数学课，她的黑边眼镜架在像犹太人的高大鼻子上，快滑下来了。两边的透明镜托因为鼻子上的油变黄，在脸上压出了两块红色印子。她的马尾高高地翘起，走路时一颠一颠，脖子也跟着一前一后。

"莱拉，你怎么能穿迷彩图案的衣服？不知道学校不让穿吗？我给你登记下来，放学写检查抄校规！"她总是揪住那个上海女孩不放，无论什么时候都盯着她穿着什么不符合规定的衣服。

下课后从四楼走到一楼在楼梯间和走廊上要遇到不少人，我练习了一下笑容，露出牙齿。我会遇到上学期一起上美术课的凯瑟琳和凯丽，乐队的保罗，还有我们年级另一个很矮的爱说话的保罗。我和他们有时打招呼，有时不打。有时我装着看不见他们，也可能是他们装着看不见我，我一般装着低头看作业本，这样就不用打招呼了。

我们在二楼体育馆门口的那片空地集合。去那之前我得先去换衣服。我看到队友们都挤在厕所准备换衣服，有些干脆直接不进格挡，在洗手池旁边换。她们在那儿笑。我进了一间格挡换衣服，过了一会儿我听到她们准备走了，一个女生叫着让她们等一下她。她们等她换好之后一起推门出去了。厕所推门打开后又弹了几下，瞬间安静了。

我换上新生排球队的绿色队服，戴上黑色护膝，换好运动鞋。我的号码是8。美国高中排球队赛季的比赛很多，不像我在国内上初中时，排球队教练怕实力"丢人"就一年只让我们参加一次比赛。

橙色的学校大巴上了高速，教练给我们发三明治，好像是哪个家长捐的钱。我喜欢坐在前排，一个人占一整格。她们都是每个人占一格。黑人女孩安琪在后面讲着带着很多脏字的笑话。

圣约翰高中比我想象的要近很多。他们的体育馆是蓝色的，就是他们学校的颜色。我们的是深绿色。

比赛开始前矮个子教练冉娜拿着白纸写着谁打什么位置，我们开始热身。快开始的时候她把我们叫到一起，围成圈。开始读那张纸，她设计好了谁打哪个位置。没有念到8号。我和其他六个队员坐在场边的椅子上看她们上场。她们上场的时候我们站在那，跟她们击掌加油，然后再坐下来。哨声响起。

看着队友不断失球我想冲上场打球。教练不让我上场，我曾在上次比赛问过她，她说因为怕我语言不过关听不懂她的指挥。

我坐在椅子上开始发呆。聚焦自己的眼睛，然后放松。以前我不近视的时候，我这样玩，周围的灯光会从很模糊变回清晰。现在是从很模糊变得依旧模糊。中场休息的时候我们给她们递水。

我们输了。

回去的路上在校车里没人说话，都在听歌或者玩手机。我看着窗外的黑色，偶尔有一点儿灯光。想象着这辆车是通往家的方向。

不能一个人去城市的北边

今天周六。蒂姆带我到超市去买下一周吃的和用的东西。这次出了门后他走了与平时周末去超市不同的路。他上了往北边那条河走的高速公路。我刚来白鱼湾镇的时候他跟我说过,不能自己一个人去这个城市的北边。

汽车越往北走,路两边的房子好像就越拥挤和陈旧。穿过市中心的时候看到拆了一半的砖土墙上巨大的彩色涂鸦,是一个女人的脸,煞白的脸。市中心没有更多高楼,除了这座城市一栋最高的玻璃幕墙的差不多四十层的美国银行的楼。市中心的街道上,有几个黑人穿着巨大的套头衫,裤子没提上去,双手插进口袋慢吞吞地过马路,他们戴着深色的绒帽,压低到眼睛。好像我在美剧《行尸走肉》里看到的被僵尸入侵的空城一样。

太阳快落山的时候光线很强。停车场上有长得像鸽子一样的鸟低飞而过。这个超市里的东西比城市南边的便宜。我看到超市门口停了几辆警车。蒂姆说这正常,这边的超市经常会有警车在这守着,因为会有人偷东西。

一眼看过去,超市里没有几个白人,不像城市南边的超市里基本上都是白人,所以蒂姆在里面格外显眼。很多穿着低档裤和很大码的鞋子的人,每走一下鞋子被脚板带起然后又落下。排队付款的时候旁边有堆放在一起的轮椅,有些过于肥胖的顾客可以坐上去被人推着买东西。

这个城市的北边和南边隔着一条河。上周日我打开电视,看到当地早日新闻里报道,上一周在北边发生了十三起枪击案。"河的北边"听上去像是一个不吉利的词。

当地政府搞了一个计划,资助北边的学生到南边教学质量高的学校上学,每天晚上回到北边的家。

我们从超市出来的时候天已经黑了,超市门口的警车已经不在了。几个留着发辫的少年双手插在裤兜里驼着背在超市门口站着聊天。

车往南边的方向开着,路边的一切感觉像戴了眼镜看到的一样变得熟悉和清晰。

回家倒计时的日子

我提前考完了最后一天的试，因为我的飞机票是5月21日的。这个日期我写在学校统一发的绿色硬皮作业登记本上很多遍。从4月份就开始倒数。用中文在作业本每页的右上角写：距离回家还有 × 天。有时会用黑色水笔写在自己的拳头上，数字往往会被汗弄得模糊。我每天看着电脑的日历数一遍距离回家的日子。

5月21日是周四。我双手向上举着过了安检，穿着凉鞋的脚上出了冷汗。在机场坐着等了四个小时。想给爸妈发信息但总是有个红色感叹号弹出来表示发送失败。看着候机室里的电视不停地在播广告。

我喜欢坐在靠窗的位置，可以看飞机起飞时离开地面的样子。从纽约转机起飞的时候我以为我看到的全部是高楼，其实只有两小撮。飞机转弯的时候我看到斜着的绿色的自由女神像，海。我旁边坐了一对美国老夫妇，去香港看儿子和儿媳妇。可以靠着窗睡觉但是半夜要起来上厕所还得惊动两个人，有点不好意思。不过我的憋尿水平已经在每天上学只上一次厕所的情况下练得很厉害了。

飞机慢慢滑翔降落，5月22日。

熟悉的极冷的空调冷气充斥的机场大厅。办理过关手续的熟悉的亚洲面孔，脸部僵硬。看了我一眼，从我手上夺过我的护照和手续，在电脑上打了什么，还给我。始终没跟我说一句话。飞机飞行十六个小时的距离隔了两个世界。

越接近出口我越紧张。我的爸妈在那里等我，盼望了很久的一天到了居然有点不知所措。我戴上眼镜，好一出去就能看到我爸妈。

我妈围了一个绿色的披肩，她在很冷的空调房里总是围个披肩。我爸穿了一件黑色短袖，灰色中裤。

高
二

排球队员安琪

我感觉这次很快就到了。飞机开始上升的时候耳朵被堵住了，斜着眼睛看着飞机在海面转弯，离开刺眼的高楼玻璃和山。我爸妈这时应该还在机场等着我起飞了之后才会走。

等窗外只有蓝色的时候我关上遮光板。打开灯，逼着自己看一会儿暑假要求读的书——《麦田里的守望者》，因为一回学校就要考里面的内容。以前读这本书的时候我看名字很有诗意，看了才发现这名字和内容给人的压迫感离我想象的有点远。旁边坐着一个戴着眼镜看上去像学生的人。他在看写满数字、字母和公式的硬皮厚课本。他看得很慢，但是我发现他比我翻页翻得快一点儿。为了显得我的阅读速度正常，我翻页翻得稍微快了一点儿。坐长途飞机我喜欢坐在靠窗的位置，这样可以把脚放到椅子上再拿枕头靠在窗上睡觉。

再次打开遮光板的时候，我看到黑紫色的天，远方天和天的分界线的地方有点白光和红光。我们朝着亮的地方飞。天亮了。屏幕显示还有四个小时到达的时候我开始不停地打喷嚏，流鼻涕。我有点担心随身带的纸巾不够用，像考试的时候感冒没带够纸巾一样。

我绕了一圈又找到了太阳，又回到了我离开的那天。

我知道，我们学校这个暑假花了几百万美元把整个学校大装修，改造了一遍。这就是为什么这个秋季开学这么晚的原因。走在一楼走廊，我都有点不记得去年的学校是什么样的了。

又到了排球季，今天下午3点到5点训练。我回来之前她们已经训练一个星期了。这次来了一个新教练，刚大学毕业。她一米七四的个子，很瘦，拉直了的金发。她光着脚走在体育馆的木地板上指挥。

我慢慢向她们走近。有点紧张。教练说我热一下身就可以加入她们了。我加入她们后有一两个人跟我说："嗨，安妮。"

时差还没有倒过来，有点想吐。现在我们排着队发球。好几轮安琪——几天不洗头的短发黑人女孩——都插队站在我前面。去年排球季她就总是插我的队。

她排着队拍球，球弹走了。我以为没人在排队就站在那了。

"安妮！你刚刚就插了我的队！"她捡球回来说。

"哦，不好意思，我不知道你在排着队。"

"安琪，这有什么关系啊，为啥那么计较？"别人说。

"这当然有关系！我是黑人！有人侵犯了我的权利！我在

维权。"

今天排球训练之后我很饿，晚上吃了很多。意大利面好吃，只不过番茄酱有点多，有点酸。我放了很多奶酪，因为很久没有吃奶酪了。晚上我收拾书包，准备明天开学第一天报到。有点紧张。我打算明天穿我妈上周给我买的那条绿色的长裙子。趁着这里的天还没有变冷，再穿几次。

"我们都是领养的"

天气突然就变凉了。早上6点30分从被窝里爬出来也开始变得很难。很久以前，天凉了我妈给我铺床的时候就教我把被子弄成一个山洞，然后钻进去。

我知道，过了这个威斯康星冰冷的冬天之后离回家的日子就又近了。

西班牙语课上大部分是高一新生，有两个和我一个年级的，还有一个高四的韩国人。老师叫安。她的女儿和我们同级。我总是很纳闷，她女儿长得有点像南美洲的人，但是她和她丈夫都是白人。安说话的时候喜欢吹嘴唇，然后发出喝稀饭的声音，我感觉她下嘴唇上永远都很潮湿，口水一直在上面。她每次说完话之后就大笑，眼睛眯成一条缝，然后突然间恢复正常表情，感觉有点像是装出来的笑。

我的西班牙语名字是"安妮塔"，和我的英文名很像。我们在学字母表，还有"我是，她是，他是，她们是，他们是"。在西班牙语里每个词都分阳性和阴性，感觉这是一种有性别歧视的语言。我到现在还说不全按顺序排的英语字母表。因为在小学我学到 K 的时候就病了，请了两个星期的假，我还记得每天喝一碗盛在磕了一个豁口的白碗里的黑色中药汤，有很苦的味道。

这学期开学后，我在中午吃饭的时候说话开始多了起来。去年午饭时间听着快乐瑰斯说了一学期无聊的笑话。她是好学生，喜欢帮助同学，每天晚上 10 点准时上床睡觉。

"好讨厌周一。不过还好这周五不上课。"

"耶！我喜欢周一！精神抖擞！噢耶！安妮，打起精神！"快乐瑰斯手上挥着她的芝士卷说。

这学期我们年级转来了两个在公立学校上了一年的女生。一个叫伊琳娜，一个也叫瑰斯。去年的另外一个瑰斯他们一家人去了英国。天主教高中总有很多叫瑰斯的女孩，因为那是"恩典"的意思。伊琳娜皮肤有点小麦色，她不是黑人、不是白人，也不是墨西哥人。我看不出来她是哪里人。她也在乐队拉小提琴。我和她有点像，我们觉得好笑的东西都一样。每天她的眼睫毛和眼线都画得很黑。

我们讲到小时候爸妈骗我们是怎么来的。我说我爸妈说我是从垃圾桶里捡来的，还说我是从医院抱错了的娃。我以为这种家长逗小孩的说法挺常见的，她们都觉得很惊讶，说你爸妈真狠心。也有同学跟我说他们爸妈也这么说，只不过不说从垃圾桶捡的，他们说是老鹰从天上飞到烟囱顶然后把孩子扔进一家家的。

快乐瑰斯带着哭腔跟我说:"哎!安妮,真对不起。没关系,我们爱你。"

"我是领养的。"伊琳娜说。

"你也是领养的?!"奥莉维亚问,薯片渣从她嘴里喷了出来。奥莉维亚是我西班牙语老师的女儿。

"对。我出生在塞尔维亚。"伊琳娜说。

"我出生在危地马拉。"奥莉维亚说。

"原来你们都是领养的。我也是。不过我就出生在威斯康星。"新来的瑰斯说。

"啊,真对不起。我爱你瑰斯、奥莉维亚、伊琳娜。"快乐瑰斯说。

"这有什么好对不起的,我们都不觉得自己有什么好让人可怜的地方。"新来的瑰斯说。

"好吧,谁想吃我的巧克力?"伊琳娜笑着说,她戴着牙箍笑起来也一样很好看。

体育课上的托比

每天下午最后一节课是体育课。体育课老师是高级队的排球教练，我们叫她凯蒂教练。她是白人，张嘴说话的时候就会有双下巴，显得脖子和下巴好像是连在一起的。她想事情的时候总是张着嘴，呼吸声很重。她扎着很短的马尾辫，棕色，拉直过的，走路时一颠一颠。

体育课上加上我有四个中国人。三个都是高一新生。索菲亚，第一次自我介绍的时候她说她是菲律宾人。后来我听到她用普通话跟班上其他两个中国男生讲话，她告诉我她在菲律宾出生，福建人。班上其他两个中国男生，一个是南京来的，一个是珠海来的。南京来的叫托比，很矮的个子，戴着黑框眼镜。他控制不了自己的眼睛，不停地不自然地眨眼。他走路的时候脚后跟不着地。他英语说得不太好，但是很喜欢说。班上一些女生总是笑他说话。珠海来的叫浩克，他不说话，只是喜欢用中文自言自语，不管发生什么他总是眯着眼睛笑，看着说话的人。走路也好像被剪切成了慢动作。

今天课上我们开始练橄榄球，上个星期是排球。我从没打过橄榄球，只是对橄榄球有种恐惧，觉得这是个暴力的运动。老师让我们分成三队，轮流上场扔球和抢球。托比和浩克在另外一个队。在场上托比比其他人都跑得猛，好像在用生命抢球。他用手肘和头顶防守其他的人，所以有些队友看他拿到了球就不再跟他硬抢。我走过他旁边的时候听到他低声说："哎，这群傻×。真的是脑残。"

"不，不好意思，我，那个，需要去厕所。"托比问凯蒂教练。

"现在先不要去，等这局完了再去，还有两分钟。"

估计托比没有听懂，他直接走向体育馆的出口方向。

"托比，回来！我说不是现在去！"

托比转过头，挥了挥手："我知道，我知道，我知道，我知道。"他连续快速说了几次，然后转身继续朝厕所方向走。

等托比回来，教练让我们集合，她问："你们高一的中国学生，是第一年来美国吧？觉得美国高中怎么样？"

托比转过头用说悄悄话的语气问我她说了啥。我给他翻译了，他转过头说，"很好"。

"托比，你觉得对你来说最难的是什么课？"凯蒂问。

托比又转过头问我她说了什么。

"你听懂我说的了吗？"凯蒂又问。

"呃……我知道，我知道，我知道。"他的口头禅。

紧接着是班上人的笑声。

"你觉得最难的是什么课？浩克，你觉得最难的是什么课？英语，还是世界文化什么的？数学对你们来说应该很简单吧？"她又问浩克。

"呃……"浩克转过头问托比她问了什么。我给他们翻译了教练的问题。

托比说他觉得什么课都不难。紧接着的又是狂笑声。

然后下课铃响了，大家拿起水杯跑着去更衣室换衣服。

学校里受欢迎的女孩

今天是万圣节。社交媒体上有很多她们在万圣节狂欢、去鬼屋和万圣节主题公园的合照。她们——学校里受欢迎的女孩和那些努力想变得受欢迎的女孩。从发照片的社交媒体的点赞数和评论数能看出来"她"有多受欢迎。

这里的女孩不是那么喜欢自拍,她们喜欢让别人给她们拍合照。一张张合照,咧开了嘴,露出矫正过的发白的牙齿。每一张照片上同一个人的笑容都是一样的,硬挤出来、张大嘴的笑。从她们的眼神里看不出来笑。然后再@照片里的人,照片里的人往往都会评论一样的东西,红色的爱心表情,加上"可爱!""我爱你"之类的话。还会有一些想变得受欢迎的女孩在她们的照片下留一些拍马屁的评论,"哇,你太漂亮了,希望我能像你一样美",或者加上一堆爱心的表情。那些女孩就会回复她们的评论说,"谢谢!我爱你!你也超美的",再加上一些爱心。

日子就这样过去,返校节舞会、浓妆、晚礼服、项链、高跟鞋、指甲油。在学校食堂改成的舞厅里,一片黑和闷热。五颜六色的迷彩灯和流行歌曲。不会跳现在正流行着的舞的人偷偷瞄着看那些受欢迎的女孩是怎么跳的，尴尬地摇摆。然后跟随着的，就是社交媒体上大量耗费内存的合照和评论，还有那些用滥了的爱心。

我是从这个学期开始才想过要扩大自己的朋友圈。去年我只和尼蔻来往密切。现在我已经大概知道她们对什么感兴趣，觉得什么好笑。我学会了怎么面对不是那么好笑的事情还依旧装得很好笑。大张开嘴，瞪大眼睛，先装作很吃惊的样子，然后眼睛眯起，慢慢转成大笑以至于笑不出声的样子，然后说，"我的天啊"。我开始说脏话，因为她们都说，觉得那样很"酷"。尼蔻有时会吃惊地看我一下，因为我去年没有说过任何脏话，她觉得我变了。

伊琳娜，比我皮肤黑一点儿、从塞尔维亚领养、这学期新转来的女孩，跟我玩得还不错，我们之间有一个暗语——"土豆"。她总喜欢笑。昨天我看到她发了一张和我们中午在同一张桌子吃饭的一个女孩的合照，写着"我们爱土豆"。我和她之间的暗语她和别人也共用着。

装久了大笑，有时就忘了自己真正觉得好笑的是哪些东西了。每天下午放学后，在学校食堂靠窗的桌子上独自戴着耳机听着中国民谣写作业的时候，把耳机音量调到最大，不想听到食堂那头她们传来的大笑和尖叫声，我终于可以休息一下，停留在真实里。

宗教课老师上课时啃着一个苹果

每天晚上睡觉前,我都在手机上查查第二天的天气预报——白鱼湾镇,周五,最低温度二十二度,最高温度四十五度。华氏度,换算成摄氏度有点复杂,所以对华氏几度到底有多冷,一直没有概念。我只知道应该比前几天穿得厚一点儿。

今天没有乐队,因为高一学生去"避静"了。就像小学五年级的学农一样,但只是一天。老师带着去一些教堂帮助贫困的人准备吃的,或者去其他孤儿院和老人院。我们乐队多半的人都是高一新生。现在乐队有三十个人,有几个高一新生在后面敲鼓,常常在曲子中间乱了节拍。

第一节课是西班牙语,班上有我和另外一个中国女生。这个班大部分是高一新生,因为这是入门的一级西班牙语。那个中国女孩是今年新转过来的,留着快贴到眼睛的不浓密的刘海,额头很高,刘海分叉。她戴着黑色的眼镜,说话有点慢。课上有时候她不戴眼镜,老师叫到她回答问题,她便眯起眼睛,皱起眉头。西班牙语老师有一头金色的短发,很直,每次小心翼翼地把两边捋齐了别到耳朵后面。她喜欢假笑,做夸张的表情并带着语气用词。

教宗教课的蕾卡德老师大概刚三十岁的样子，喜欢穿着宽松的像睡衣一样的衣服上课。她的金发不够长到足以扎起一个马尾辫，但她还是照样扎起来。于是她走路的时候碎头发掉下来，小辫子一翘一翘，像一年级的小学生。她上课时总是在吃东西，有时嘴巴塞满了面包，她边说话边嚼面包时，面包碎会喷出来，掉到她的桌子上。这堂课上只有十二个人，就我一个中国学生。今天上课在讲《圣经》的第二章——出埃及记。"梅瑟带领以色列民族摆脱埃及人对他们的奴役。圣经有一段写着，梅瑟一开始不是很情愿去，因为他说他不是很擅长说话"。宗教老师边啃着一个苹果，边说："这里梅瑟说他不是很会说话，有些解读圣经的专家就推断说他有可能是个结巴。"然后她用眼睛瞥了一眼教室，看了一眼我。"不是故意针对你，不过呢，梅瑟可能就像我们班的安妮一样。她上课说话估计很紧张，磕磕巴巴，毕竟跟我们英语是母语的同学不能比。"然后她停了停，拿着吃了一半的苹果，看着我，又说："安妮，你看我说的对吧？想象一下，身为一个结巴要跑去跟埃及法老说放了以色列人是件多么困难的事情，就好像让安妮在全校用英文演讲一样。"

尼蔻坐在我旁边，她在笔记本上用铅笔潦草地写了一句，"对不起"。我挥了挥手，说没关系。

安琪的恶作剧

今天周六,我早上6点就起床了。在周六的早晨起那么早是一种折磨。今天有一场很大的排球比赛,有六七个队,估计要比上一整天。我们在学校旁边的马路边等校车来送我们,有些队友跑到马路对面的一家甜甜圈店买一杯咖啡。橙色的校车迟到了,司机是个长着白胡子的老人,穿着蓝色的制服,把穿着黑色漆皮皮鞋的脚跷得很高。

校车在清晨的高速公路上行驶,发红色暗光的太阳刚刚从公路那头升起。我戴着耳机听着暑假听得最多的一首循环播放的慢歌,好像就能回到暑假的时候。我得把音量调大,她们在校车后面大笑,尖叫。昨天晚上看电视剧睡得有点晚,我在车上听着歌就睡着了。我们要去的那个学校挺远,在密歇根湖的另一个岸边小镇。半路上车窗外几栋房子隔着的空隙间突然有蓝色的湖闪现。

第一场我们要和一个水平不是特别好的队打,虽然说我们的队也不是特别好。比赛前热身的时候我还散着头发,打算等会儿扎起来。黑人女孩安琪路过我的时候,说:"安妮,把你那头发扎起来。"我扎起头发,没有跟她说一句话。正在上大二的我们的年轻教练跟我们说了她安排好的比赛位置，没有念到我的号码。她说她爸妈来看她了，要我们好好打。我坐在冰冷的椅子上，还是有些瞌睡。第一局我们赢了。第二局教练叫了我的号码，2号。我们输了。

现在是一个小时的休息时间，等其他队打完然后我们再跟他们打。这次比赛轮到我给队友准备零食，每次比赛都有人轮流带吃的。每人一袋爆米花，一袋葡萄。有些队友冲过来拿了两袋，然后说谢谢。安琪没有拿，我问她要不要吃点东西，她说不要。

我坐着趴在自己的膝盖上睡着了。隐约听到背后有几个人在小声笑，我没有在意，她们总是那样。接着一股冰冷的液体流到我的脖子上，外面现在零摄氏度左右。我猛地抬起头，光线太亮以至于我突然间看不清。然后视线回归，我看到安琪还有其他几个黑人队友拿着手机在拍视频。安琪另一只手拿着绿色的佳得乐运动水杯。大笑。

"谁倒的。"这不是个问句。我看着安琪躲闪又狡猾的眼睛说。

"不是我啊，别人倒的！哈哈哈哈哈！"

我按下水杯盖子的按钮，打开水杯，向安琪走去。

她往后退，不停地说："不是我！哈哈哈哈！真的不是我！"

"你可以跟我开玩笑，但不要干这种太过分的事情。"接着又是停不下来的大笑。

周一。校长办公室。我告诉他发生了什么。光头、挺着大肚子、穿着粉色衬衫的校长,坐在椅子上好像要溢出来了一样。我说话的时候,他用笔记下每一句话。

"好的,我知道了。下回再发生这种事情,我会把她扔到窗户外面去。"他笑着说,带有一点儿开玩笑的语气。

她手上护手霜的香气

听说这个周末就要下雪了。有些中国南方来的学生从来没见过雪,听到清晨广播里的天气预报说这个周末要下雪的时候十分激动。我以前也是喜欢雪的,冬天的早晨我妈叫我起床,打开灯,告诉我外面下雪了。天还没有完全亮,雪落在地上,薄薄的。卧室里的光比外面亮,我想尽力看看雪下得有多大,但只能看到自己印在窗户上的反光。

今天第四节课是美国历史。老师说今天不用去教室,我们不讲课。她让我们去学校的多功能厅。一个在卢旺达大屠杀里丧失了全部亲人的女士要跟我们讲讲她的经历。我坐在第一排,还有其他一些中国学生。来自卢旺达的女士穿着一件带有竹子印花的棕色薄纱裙子,一条很宽松的长裤,薄纱裙子里面穿着白色衬衣。她披着一件棕色的披肩。她戴了很多金首饰——几个很细的花瓣形状的金戒指,三四条金色的项链。戴着黑边眼镜。

她说话很慢,有一些口音。她现在住在马里兰州,来威斯康星州过感恩节。她说,1995年她第一次来我们高中给学美国历史的学生讲她的经历时,她哭了,但现在不会了,因为她现在是个坚强的人。她给我们看了一些卢旺达现在的照片，美丽的风景，很蓝的湖，还有高楼大厦。

她是图西族人，也就是在卢旺达大屠杀中被胡图族残害的那个民族。图西族的人长得比较高，皮肤没有胡图族的人那么黑。她十五岁那年，刚考上高中。图西族人上高中受到限制，只有最好的学生才可以考上。她上高中那年去了远方，住校。那时候卢旺达是比利时的殖民地，她家是天主教徒。九个孩子中，有些是她妈妈生的，有些是她亲戚家养不起的孩子，有些是图西族，有些是胡图族，有高的也有矮的。她妈从来不告诉他们谁是什么族，直到她上高中之后才发现自己是图西族的。

有一天晚上，学校的修女和神父把学校里为数不多的图西族学生叫起来，让他们收拾打包行李，明天一早就得离开学校。内战爆发了，学校不允许再教图西族学生。她说她把一切都交给天主。她被学校赶出来之后想起她有胡图族的亲戚住在这附近，就去她亲戚家投宿了一晚。只能一晚，因为等胡图族士兵到每家每户检查的时候，要是发现了图西族人就会把一家人都杀掉。她们就向北边走，想着快点回家。路上遇见胡图族士兵巡逻，她们躲进森林里，藏进半人高的草里，那些士兵就从她们身上跑过。她说那些士兵没有发现她们是因为他们以为踩到的是废弃的木头。等那些士兵走后，她们不知道要怎么办的时候，一个神父找到她们。她们分辨出这是个神父,是因为他白色的衣领。神父说他的教堂就在这附近,但是他不能直接带着她们去,因为前面有胡图族士兵的巡逻点。她们得自己混过去。好在她是从北方来的,有着北方口音,胡图族的人大多有北方口音,长着大鼻孔,更厚的嘴唇。所以她们遇到那些胡图族士兵的时候,她尽量撑大自己的鼻孔,让自己的嘴唇看起来更厚地说话。她们蒙混过关了,神父把她们接到教堂里。每天神父带着枪向天空中射几枪,以免胡图族士兵进了教堂杀那些避难的图西族人。

她讲述这些故事的时候手不停地把她的披肩摆好。她问:"有谁愿意当志愿者上来帮我一个忙?"我举了手。她现在要演示她听说的她妈妈是怎么被杀死的情形。当胡图族士兵到她家的时候,她妈握住胡图族士兵的手——现在假装我是她妈妈,我握住她的手——说我们一起祈祷一下,你再杀我。胡图族士兵说你在浪费我的时间。念过一遍圣母经之后,士兵问她妈妈想让他从哪个部位砍死她,她说脖子,然后士兵就砍下去了。她说这些的时候一直握着我的手,手有点潮湿。

一节课结束了,我们去食堂吃午饭。我还可以闻到我手上来自她手上的护手霜的香气。

"保佑你"

今天是周四,再过一个星期就放圣诞节假了。有些中国学生已经互相询问着几号回国。长论文这周五交,每次想到它的时候它就渗入我眉头的褶皱里。天气依旧还是五六摄氏度,还是不下雪。去年的这个时候雪已经很厚了,以至于一只狗在路边尿一泡尿都会把白色的雪戳出一个很深的黄色的洞。

数学课,倒数第二节,下午最好的时候。教室在三楼,但最近没有太亮的光,只有灰色的阴沉的天,云揉在里面。每次不管什么时候,一有人打喷嚏,其他人就会说"上帝保佑你"。这并非与宗教有关,只是一个传统。听人说是从十七、十八世纪的欧洲传来的,一有人打喷嚏别人就怀疑他得了传染病,所以说上帝保佑你。一开始我觉得这缓解了一些尴尬,有时候在安静的公众场合打喷嚏打得太大声会有点别扭。假如一个人连续打几个喷嚏,其他人都还是一样会每打一个说一句,说快了的时候就变成了"保佑你"。然后那人打完喷嚏之后会说声谢谢。我常常坐在教室里听着接连不断的"保佑你",有点为打喷嚏的人不好意思,他的喷嚏让别人说上好几次"保佑你",不过看上去他们很享受这样说。有时候老师讲着讲着课突然听到有人打喷嚏，也会停下来说一声"保佑你"，然后再继续讲。历史老师尤其喜欢这样。我打喷嚏的时候偶尔有人会说"保佑你"。

数学老师在讲相似三角形里的比例运用，我曾经在初一时学过。第二排有一个金发女生连续打了好几个喷嚏，跟随着一连串的"保佑你"。我现在鼻子有点痒，想打喷嚏。我要忍住。但是我没有忍住，打了一个喷嚏。这时是老师给我们做作业的时间，教室里安静得听得到窗户外面的风。打完喷嚏之后的寂静，没人说话，只有翻书的声音和铅笔写在纸上的声音。

今天是我们乐队和合唱队的郊游时间，他们管它叫"避静"。上午我们去了三所小学，在他们的体育馆办小型音乐会，演奏在圣诞节期间电台里重复播放的欢快歌曲。去那些学校的路上，在校车里是最好玩的。我们坐在校车最后面，我旁边坐着佰卡，不管是什么人，只要她觉得有吸引力，就会喜欢。坐在前面的是一个来自哥斯达黎加的移民，矮个子，偏棕色的皮肤，戴着厚重的黑框眼镜，总穿着宽大的衣服，是个高一新生。刚开学的时候我不知道她的性别，因为她的声音介于男性和女性之间。后来佰卡告诉我她是变性人，并没有手术变性，只是内心觉得她应该是一个男的。和我们一起的还有几个高三的学生，有两个很会玩、很会调动气氛的黑人同学。

佰卡坐在车上,头靠在一个白人男生的肩膀上。有人开玩笑说,佰卡你有跟他身体接触呀。一个叫莎尔德的黑人高一女生,短发,总是在课堂上捣乱让老师难堪同时娱乐同班同学,她说:"你不能这么说,佰卡是黑白混血,那男的是白人,你这么说很奇怪。"她慢慢地比画着手势,说:"在我们这个国家,假如一个黑人和一个白人在一块儿,那个白人可以随便说黑人侵犯她。"她瞪着眼睛又说:"不要以为这只发生在小说里。"她引来了一群人的哄堂大笑。莎尔德今年12月刚到十四岁。

两只中弹的鹌鹑

圣诞节放两周假。已经 12 月底，每天灰暗的天，4 点 30 分的日落，跟随着长久的黑。今年奇特的气候，这个时候还没有下雪。早间、晚间新闻广播上一直强调着这是好久不遇的情况，他们总是这么说。有些中国学生已经提前回国了，有些打算待在宿舍，或者去洛杉矶、拉斯维加斯、纽约这些地方旅游。

密尔沃基的机场很小，穿着蓝色制服的工作人员眼神呆滞，嘴巴紧闭，机械地做着同样的动作——检查证件。过安检的时候要脱鞋。

坐在我旁边的是一个中年妇女，拎着一个装宠物的透气布袋。途中她的白毛狗跑了出来，到别人的座位下闻鞋底。

得克萨斯州的天比密尔沃基的要高一点儿，更蓝，阳光很强烈，照在车前窗上的灰尘和水印反射在眼睫毛上。今天去一个养牛场，汽车跑在把荒野切成两半的公路上，播放着乡村音乐。我闻到一股很怪但又熟悉的味道，小时候乘坐行进在孤独公路上的车里，路过一大片玉米田时偶尔会闻到这种味。我一直以为是化肥或者农药的臭味，今天才知道其实是臭鼬被车撞了之后身上发出的臭味。

走近牛圈，很浓的牛粪味，倒有点好闻。这些牛叫长角牛，长着像羚羊一样的角。有一个大个子的金发女子戴着牛仔帽，穿着牛仔靴站在观光的路边，旁边有一头黑白相间的长角牛供游客坐上去拍照，一次五美元。每天下午4点，都会有长角牛和骑马的牛仔在最大的旅游街道上游行。天是斜着的，倒在黄色土地的那一边。我趴在牛圈的栏杆上，这样可以看得更清楚，一些骑着马的牛仔在牛圈口准备赶着那些牛去游行。有一头黑色的牛朝我走来，撕扯着牛圈铁丝网外面的一点儿新鲜的绿草。它的长角撞着栏杆很响，我看到它的肚子上有一个用烙铁烫出来的数字：554。牛仔们赶着它们走向游行的街道，游客打着闪光灯照相。这时差不多3点30分，太阳的余光照在骑在马背上的人后面，有点梦幻。

今天是我第一次用枪，在堪萨斯州一个养牛的农场。一条黄色的狩猎犬跟着我，我一拿起枪它就激动地叫。这种是专门打鸟的猎枪，有点重。第一次我用大腿顶着枪朝天上开了一枪，大腿的骨头被撞得很疼，加上堪萨斯州的冰冷空气，疼得更难忍了。

我需要打到前面放着的橙色目标，那是一个用很脆的磁碟做的，很容易掰碎。我把枪紧紧地顶在肩膀上，因为我怕它又撞疼我。我没戴眼镜，有点瞄不准，他们告诉我要闭上左眼用右眼瞄准。黄色的狩猎犬在朝着我大声叫。我摆好了姿势但是没有打开保险，所以又得放下来，按下保险键，再顶在肩膀上。第一次没有打中。我又试了好几次，都没有打中。最后一次两个目标被摆靠在一个木板上，我又试了一次，扣下扳机之前心跳加速。我同时打中了两个目标，因为这种子弹是分散得很小的用来打鸟的。我不太喜欢用枪的感觉。

我们进入丛林，冷风吹着，我的耳朵失去知觉。那条黄色的狩猎犬跟着我们，我们分成两队去打鹌鹑。路上我在倒下的枯死了的树干旁，看到了老死的牛的头颅，很白，在一片棕黑色中很明显。再走了一阵，我在一摊小水洼旁发现了它剩下的尸骨，肋骨和牙齿也很白，牙齿的根部有点黄。我没跟上他们，但远远听到三四声枪响。我跑过去，捡起中弹在地的鹌鹑，一只母的，一只公的。母的那只羽毛更好看。我用戴着保暖手套的手把其中一只握在手中，很软，没有血溢出来，因为子弹太小了。它的体温温暖我的手，它的脖子很软地垂下来。我小心地尽量不晃动地把它带回了车上，尽管我知道它已经没有任何知觉了。回到了农场，猎人把那两只鹌鹑的头拧下来，扔到地上，被黄色的猎狗吃了，咯吱作响。他揪掉它们的羽毛，因为是逆风，它们的羽毛吹到了他的脸上。他用剪刀剖开它们的肚子，把肠子等都扔给猎狗。他把里面的细小子弹拣出来，说，看，这个打得真准。

在达拉斯

达拉斯并没有想象的那么暖和，暴风雪席卷了得克萨斯州，一路向北，也顺便给威斯康星州带来了一个正常的下大雪的圣诞节。收拾行李的时候，我只带了裙子和很薄的衣服，还有犹豫了半天才决定带上的一件白色的毛衣。

市中心的太阳很大，天深蓝。风钻进我的衣服，穿透我。有几个双手插进裤兜里的年轻人抄近路踩着天桥下粘满湿泥巴的草坪穿过。在得州飘着很多自己州的州旗，别的州大多都挂着美国国旗，我压根不知道威斯康星的州旗是什么样的，因为他们只挂美国国旗和当地橄榄球队的旗。威斯康星人尤其为橄榄球疯狂。每周日，橄榄球比赛的时候，街上基本上没有什么人。就算有也全是穿着绿底印有黄色字母 G 的队衫的人。电视机前会传来吼叫的声音，第二天密尔沃基日报的新闻头条总会是关于这个橄榄球队的一举一动。赢了或输了，哪个教练要退休了，哪个队员受伤了。几乎每天的新闻头条都是放得极大的穿着绿底印有黄色字母队服的队员，或者教练张开嘴大喊的照片，差不多占了整个版面，而且这并不是体育专栏。人们的生活围绕着绿色和黄色，每周的心情是根据球队的输赢决定的。

然而得州人更为橄榄球而疯狂。达拉斯市中心有一个很大的体育场,是专门为一个高中的橄榄球队建的。高中级别的比赛电视都会随时直播。

在市中心博物馆艺术区的中间,是一个四面用白色砖墙不完全地围起来的纪念碑。它留着空隙给人进去。这是为了纪念1963年在达拉斯遇刺的肯尼迪总统。不断有人按闪光灯照着很矮的黑色大理石块。几个墨西哥小孩跳到黑色石块上,大声笑。他们的爸妈在给他们照相,他们摆出可爱和高兴的姿势。

肯尼迪纪念博物馆在当年杀手枪杀他躲着的第六层楼上。我看到马路上有两个白色的×,那是肯尼迪被子弹打到的两个具体位置。有两个人站在还有汽车通行的马路上的白色×标志点旁,互相搭着肩膀笑对着摄像头。来往的车不得不停下等他们照完相再走。

博物馆人很多,透不过气来。讲解器被设置成了中文,听它说着被翻译过来的一串英文名和历史事件有点别扭。站在凶手从六楼俯视的同一个阳台角落,我看到达拉斯的黄昏,有点太红的云。讲解说肯尼迪的暗杀到现在都还是个谜,因为在犯罪嫌疑人还没有交代出事实之前,就被一个想成为人们爱戴的英雄的极端的人杀了。

从那里出来天已经黑了。路过露天停车场旁的几棵大树时，一群鸟在鸟窝里大声鸣叫。声音大得震动树叶。很多车的车顶和车窗到了晚上都挤满了白色的鸟屎。

在达拉斯机场过安检准备回密尔沃基时，我随身带的包被一次次放进安检的扫描仪，检查了好几遍。他们说发现了什么，得开包再检查。戴着手套的安检人员打开我装洗漱用品的盒子，拿出我小时候在新疆买的英吉沙工艺品小刀。她说这个不能带上飞机。我不记得这个小刀是什么时候放在我的包里的，应该是很久以前就在了。这个小刀跟着我过了三次国际安检和好几次国内安检都没有被搜出来。我看着她把我的雕刻精细的黄色小刀、一些打火机，还有别的普通利器，一起扔到塑料盒子里之后，转身去找我的登机口。

校长的女儿

这几天没有上周冷,大马路边的雪已经变得有点黑了。下周五又到一年一次的女生邀请男生的舞会了。这周中午饭桌上女孩子们都在讨论穿什么样的裙子,怂恿害羞一点儿的女生去邀请她喜欢的男生。瑰斯,一个喜欢说无聊的废话的好学生,想邀请认识的一个男孩,一直不敢去问他。桌子上有人给她出主意说让她直接打电话到他家问,她说不行。

从中国来的高一新生喜欢参加一些舞会之类的活动,估计也是被爸妈逼着要融入,但是高年级的中国学生就对这些失去了兴趣。不是一个圈子,没有必要,他们说。

在这里,有些白人女孩把头发染成金色,因为那样好看。但也有传说说金发的女孩比较笨,就像大家常说的胸大无脑一样。女孩子们总是穿绷得太紧以至于能看见内裤形状的裤子,我总是担心她们蹲下的时候裤裆会突然绷裂。她们喜欢有肌肉、打球好的男生,然而这种男生在学校里比较少。所以,有些受欢迎的男生经常会这个月跟这个金发女孩约会,过两个月又跟她的姐姐约会,过上一阵子又跟她的妹妹约会。因为很多家的兄弟姐妹都会上同一所学校，从他们一样的姓就能看出来，这也是我过了好久才发现的。

去年这时候，尼蔻偷偷把小纸条塞进那个叫 M 的男生的电子贝斯琴盒里邀请他去舞会，别扭地跟他吃了晚饭，尴尬地跟他跳了舞而且还踩到了他的脚。今年，M 中午吃饭还跟我们坐在一桌，只不过他跟尼蔻不再说话。

学校里有些女孩在零下十八摄氏度的天气，还是光着腿穿单薄的纱裙子，好在室内有暖气。上课的时候窗边的暖气炉一阵一阵地有节奏地响着，是下午两点多快三点时，最后一节课上让人打盹的声音。

伊琳娜不再跟莫莉说话了，但每次还是会假装对着她笑一下。伊琳娜发现自己谈了两个月的高一新生男友和莫莉每天晚上发短信聊天。莫莉是校长的女儿，棕色的头发，过高的鼻梁以至于看上去有点不自然。她格外喜欢自拍，喜欢录自己唱歌的视频，总是把衣服领子拉得很低。在学校的时候，她把领子扯低一点，然后又拉上去一点，又扯低一点，又拉上去，又扯下来。她喜欢无缘无故地大笑，也是很容易就被辨别是装出来的大笑。

莫莉走路的时候是外八字。她喜欢被别人误会她好像干过什么不该干的事情。昨晚她发短信说，她喜欢这个男生，同时又喜欢另一个，还有一个她也挺喜欢的。去年夏天，她说，有一次一个男生去她家玩,他们差点就那个了。我问她说的那个指的是哪个,她说就是,你懂的。就算她这样说我也不知道她到底指的是什么。我说:"你知道你说的不是接吻之类的吧?"她说:"不是。"莫莉也就一直这样不明说,想让我以为她做了什么很酷的事。最后她告诉我,她说的那个只是接了吻。

夹心饼干

今天早上起床后,我在厨房听广播里的天气预报说,今夜气温会降到这个冬天的最低温度——零下十九摄氏度。已经2月了,雪下得比12月还多。刚铲完房前面的雪,车道上就又变成白色的了,手在手套里冻僵,冻得比雪锹的柄还硬。已经很久没有铲过雪了,这让我想起了小时候在乌鲁木齐的冬天下午下楼玩,铲雪。把雪用雪锹堆成自己家的形状,有楼梯、桌子、椅子,然后和别人的地盘分清界限。不停地对着中间虚拟的门敲,说,我来你家串门了,你家真暖和。实在冻得不行了的时候,就跑到一楼二单元的过道里抱着长满灰的暖气包,等有了知觉之后再出门,回到我雪里的家。我的家往往在第二天就会变得没有形状了。

今天化学课上要做一个关于化学计量学的实验,大概就是多少片面包和多少片火腿肠做一个三明治的比例。这个实验是用巧克力块、饼干,还有自己拿酒精灯烤的棉花糖来做夹心饼干,做完就可以吃掉。这个实验已经让人期待很久了,因为可以吃。化学课是第三节课,每天这节课是最饿的时候,教室也是最暖和的,每次走进这间教室都会闻到一种焦糖咖啡的味道,化学老师的不锈钢保温杯里总是灌满了咖啡。我们只叫她 V 老师，她祖先是从意大利来的，她有一个很长的意大利姓，没人知道怎么发音。她又高又瘦，太高的鼻梁上带着一些雀斑。她笑的时候眼角的皱纹都要弥漫到她的发际线了，她喜欢和班上几个化学学得好的男生开玩笑以显得自己很年轻。

在我们都很饿的情况下，她从抽屉里掏出一袋吃了一半的超大包原味乐事薯片。翘着兰花指的手伸进袋子，以免粘上太多油，薯片放进嘴里，闭着嘴巴大幅度地嚼。所有人的视线都在她的薯片上。她吃了几片，小心翼翼地把开口折好，拿一个夹子夹住，又放回抽屉里。然后她打开保温杯，喝了几口，又是一阵让周围的胃痉挛的香味。

"我们班上的中国学生，你们做过这种夹心饼干吗？"

"没有。"一个来自深圳的一米九五的大个子、化学学得很好的男生迈克回答。

"你们在中国搭帐篷野营吗？" V 问。

"不野营，中国有些地方污染比较严重。"迈克毫不犹豫地说。

"有些人也野营啊。"我说。

"我没去过中国，我也不知道你们谁说的是对的。" V 说。

V 又说："好吧，那现在让我们开始实验，四人一个小组，快点，去后面的桌子，谁先做完实验谁就可以先吃到夹心饼干。"

我用酒精灯烤棉花糖时不小心把它的表面烤得太久了,它烤出来的样子不是金黄色的,而是灰色的,表面变硬了,有点开裂,像干旱的土地。不过我还是吃了,很甜。

钻石毕业了

今天早上第一节美术课开始前,学校广播里说二楼的高二走廊正在施工,被封了,一段时间内学生不能从那里走。

广播音响扩音器放在每间教室内的墙壁正中央的高处,棕色的木条网后面。网的前面挂着一个木头十字架。学校一楼走廊墙上的玻璃宣传栏里总挂着一张黑白照片——四五个戴着黑色头巾、穿着白色服装的修女站在学校门前,上面写着日期:1960年。尽管不再有修女住在这所学校了,但她们很久以前住的宿舍还保留着,在学校左边的一栋小楼,看起来有点阴森。学生们总是编一些关于那栋小楼的鬼故事,因为那栋肉色楼的外面墙壁上长了深绿色的苔藓,还有爬山虎。

广播里有几个通知,除了关于关闭高二走廊的,还有一个是棒球队训练的。同时教宗教课和担任棒球队、女篮教练的栓卡老师用明显是装出来的很兴奋的口气鼓励大家加入棒球队,他用了很多"耶"。最后一个是非洲裔美国人团体的活动通知,广播里的男声很容易听出来是黑人,他们特有的口音,节奏像说唱一样。广播的最后,高年级女生讲了一个并不好笑的笑话。课上有几个人冷笑了几下。

高二走廊施工的原因是学校想把那些放在走廊两边没人用的储物柜换掉,改成篮球队的镶玻璃框的光荣宣传栏,里面放上历年来获得的奖杯和记录。打篮球在这个高中是件重要的事,它让这所学校在周围有了点名气。虽然这所学校位于密尔沃基市的白人区,但照样有很多黑人在这里上学,就是因为它的篮球队。

去年"钻石石头"毕业了。他是让学校的篮球队连续4年拿到威斯康星州高中篮球联盟赛总冠军的球员中的一个。

一条忧伤的白线

今天又是周一,手机的闹钟在早晨 6 点 03 分开始响,铃铛声震着桌子。我按掉闹钟,九分钟之后它又会再响一遍。我把头蒙进被子里,装着还能再睡一会儿。铃铛声又响了,我又按掉。这时候已经 6 点 23 分了。

卧室的百叶窗几乎都是关着的,落满了灰。即使是白天这个房间还是一样昏暗。两个小窗户从来都不打开,因为打开了就不容易关上。一个月前,我在早晨上学前打开窗户透了一天的气,瓦格纳太太下午放学接我时问我是不是打开窗户了,我说是,她说天太冷平时不要打开窗户,因为暖气还在烧着很浪费电。

所以,我现在不能像以前那样摸一摸窗户的玻璃来判断外面的气温,而是看一下手机上的天气预报。今天会下雨,五十华氏度到七十华氏度。已经是 4 月底了,北方还是不热,早晚温差很大,像小时候记忆里乌鲁木齐的天气。这时候瓦格纳太太打开了我的门,说,已经 6 点 25 分了。亮光从门外射进来。

掀开被子的时候有点冷。我把电脑放进塞得很紧的书包里,西班牙语作业还没有写,我打算留着等到自习课的时候再写。我把运动鞋、袜子,还有田径训练的衣服和钉鞋放进袋子里,今天下午放学后有田径比赛。

我收拾好东西准备上车的时候凯蒂才从房间出来,她今天穿了一条黑长裙,有点瘦,贴着她的腿。我说,我喜欢她的裙子。她说,谢谢。

最后一节课总是觉得很长,我一共回头看了五次表,每隔十分钟看一次。

我不喜欢去更衣室换衣服,所以一打铃我就去储物柜旁边二楼的厕所里换。我直接光着脚踩在厕所的地上,地板很干净,冰凉。

女生的田径队队服是深绿色的工字运动背心,黑色短裤。穿背心的时候我有点担心,因为背上长了疙瘩。上周在更衣室听到别的女生抱怨说这个队服的松紧太紧,勒得肋骨疼,还有重要的一点就是,穿着运动背心完全把胸压平了。很多人弓着腰。

停在学校门口,马达颤抖的校车快启动了。这时车窗外英语老师汤姆斯像往常一样推开学校的后门,双手插在裤兜里快速过了马路。他低着头,掏出一根烟。白色烟雾弥漫他的眼镜和脸,看不清了。他抽完一根烟后又快速穿过马路,回到学校。他每节课间都要走出学校到马路那头抽一根烟。每次有人问汤姆斯老师在哪里的时候,别人都会回答,他肯定出去抽烟了。他穿过马路的时候我拿出手机照了一张相。从高的车窗拍下去，他走路的姿势像生物书里画的一个快进化成人的猿猴。

去比赛的路上校车颠着，阳光洒在高架桥上，空荡的城市。去比赛的学校叫河畔高中，在市中心附近，是个黑人街区，那个学校旁边并没有河。这是一场邀请赛，只有三个学校的田径队参加。昨天刚下过雨，跑道中间的草地还是湿的，有泥巴。教练说让我们坐下。我感到我的屁股渗透了水。

河畔高中的学生在操场那头热身，那里没有一个浅肤色的人。他们没有队服，只是各人穿着自己的运动服。一个有着鲜红色发辫的黑人女孩在人群中很显眼。

瑞切尔叫我跟她一起去上厕所。还有二十多分钟比赛才开始。瑞切尔爸妈是希腊人，她会说希腊语。她总是嘲笑自己过于白的皮肤和太矮的个子，她说她的肤色像黑色跑道上的白线一样。她的眼睫毛很长，有时候被睫毛膏粘在了一起。

河畔高中的教学楼很大。推开门后里面潮湿，阴冷，空荡，只有两个黑人女生坐在那儿，她们盯着我们看。一楼一进门的女厕所的门是锁着的。教学楼里面不透光，瑞切尔告诉我她有点害怕。我问了一下坐在那头的两个女生，厕所在哪儿。回复说二楼右拐。

脚步踏在楼梯上有回音，周围没有人。瑞切尔不停地看着周围的教室，门框和墙皮有些脱落。女厕所的门口有一个黑人男生坐在桌子上和一个女生聊天。这里的女厕所有三个格间，都没有锁。瑞切尔上厕所的时候我帮她扶着门，之后她再帮我扶着。洗手池水龙头的水流得很慢，安静。洗手液用完了，盒子是空的，挤不出泡沫了。擦手的纸是陈旧的黄色，看上去很久没有人用了。我感觉我的鼻涕要流出来，想在跑步前擤一下鼻涕，不然跑的时候鼻涕喷出来估计会有点尴尬。瑞切尔跟我说，你最好别用那个纸。我就把鼻子往我黑色的袖子上蹭了蹭。

回到操场时我们队正在热身，绕操场跑两圈。跑在前面的我们队的几个女生路过河畔高中的几个学生时，有人说了一句，她是个处女。她们好像听见了，但不知道说的具体是谁。

女子一百米。三组二十四个女生，瑞切尔是里面唯一一个白人，可以从远处辨认出她。就像她之前说的，黑色跑道里的一条忧伤的白线。

选择题

今天英语老师汤姆斯像往常一样,上课铃打了好几分钟才快速走进教室,这是吃完午饭后,下午的第一节课。上他的课时间过得很快,我不停地转过头,看左边墙上的钟,1点16分下课。

他进门后,黑色的朋克皮夹克上裹挟着烟味进入了我的鼻子。我觉得好闻。今天他看上去好像有点不一样,绷紧了的脸。虽然他平时说话前的脸看上去都像很生气的样子,但今天确实不同。

"现在,全部人,排成一行,由高到矮。"他说。

全班十二个人,平时的座位是围成一个大圈,每个人都坐在自己的朋友旁,教室就被不自然地分成了几部分。汤姆斯说这是地球,我们每个人的社交小圈子都是一个大洲。我通常和尼蔻、艾丽萨、泰勒坐在一起,在教室最那头,与世隔绝的角落。我喜欢这个角落。艾丽萨和泰勒是两个黑人女孩,她们喜欢写东西,看艺术电影。艾丽萨尤其喜欢日本动漫,她的梦想是上东京大学。

我们坐着不动。

"我再说一遍,每个人现在起来,在教室中间排成一行,由高到矮。背对我。"

他在我们身后走着，我看不到他，但能感觉到他看着我的背。有人在说悄悄话，有点笑声。

"从此刻开始，如果谁，任何人，讲话的话，这个人的学期总成绩将降到 F。"突然安静下来，窗外一只有灰色和棕色斑点的鸟在叫。

"你们的前方是加拿大，你们今年都十八岁，现在你的国家在征兵，点到了你的名，你要去越南，为美利坚合众国打仗。"

我听到他在我们身后走路的声音。他的黑色皮靴子听上去很涩。

"去征战就代表着你肯定会杀死至少一个人，一个生命。"又是停顿。

"所有人听着，你现在有两个选择：其一，前面就是加拿大的领土，你完全可以逃过去，不用去越南打仗，不用杀死任何人，也没有被杀的可能，但这意味着和你的家人永远分别，要自我放弃美国公民的身份；其二，去应征，去越南打仗，有可能会杀死人，或被人杀死，但你为了你的国家，是光荣的。"停顿。

"现在听好：如果你愿意选择去加拿大，迈前一步，并坐到你正前方的座位；如果选择留在美国，转身，坐到后面的座位。"

这时有人开始动了。

"停！我还没说开始选。"这是漫长的几秒。

"开始选。"我用余光扫了一眼尼蔻,看到她有点转身的意思。于是我也转身了。

班里有四个人迈前了一步,坐到对面的椅子上。

汤姆斯坐在了教室中间的位置,夸张地跷着二郎腿,手在弄着他军式皮靴的鞋带。

他今天确实像是变了一个人,空气安静。他眼镜后面的眼睛是绿色的,没有波动的血管或是湖。这时他转向那四个选择逃亡加拿大的学生。

"玛丽,请你讲讲,你为什么背叛你的国家,逃去加拿大。"玛丽是高二年级学生会会长,总是穿着红棕色的丝袜、红棕色的裙子和红棕色的鞋子,绑着红棕色的发带,长着红棕色的痘痘。

她开始哭,用手抹掉眼泪。"因为我不能背叛我的信仰,我是天主教徒,我不能杀人,我……"她哭得说不出话。

汤姆斯的脸没有任何变化,"于是你就背叛你的国家。"他不等玛丽回答,眼睛平静地转向第二个人。

"内特,请讲讲你选择做一名逃兵的理由。"内特是一个矮个子的金发男生,他精通电脑,常年只穿一件蓝色外套。

"因为我喜欢吃加拿大枫糖浆。"好几个人笑出了声。汤姆斯的脸没有动,他像是翻了一下白眼一样地转移了目光。这时没人敢笑了。

他现在转向艾丽萨，喜欢日本的黑人女孩，总是戴着各种颜色的假鼻环。

"因为我相信人权，我有权利决定我不去，就像当时黑人民权运动的那些勇敢的人一样。所以我选择坐在了这边。"她说话的声音很轻。

"那么照你的意思说，你自己的权利比这个国家，比美利坚合众国还重要得多？若每个人都这么想，那这个国家就散架了。你这是自私的表现。"汤姆斯从来没有在课堂上这样刻薄地说话。于是更安静了。

这时他转过来面向我们这边，选择留在美国的。我现在有点后悔，因为我并不是美国人，我选择为美国去杀越南人，这是一个尴尬的处境。

他一个挨一个地问了我们这边的人为什么这样选择。回答差不多都是因为自己是美国人，这是自己应该尽到的责任。问到我的时候汤姆斯停住了，他没有问我，直接跳过。我心跳很快，松了一口气。

"你们中间，哪些是因为社会舆论的压力而选择留下来的，举手。"几乎全部人举起了手。

"那好，你们两方现在辩论，开始。"

辩论会的全程我盯着对面小窗户外的一棵树，看它被风吹着动，我听不见那声音。我把左腿压在右腿上，跷着二郎腿，穿着靴子的脚在出汗。时间长了，我的右腿膝盖被压红了一片，出了汗。我从有点后悔到非常后悔，不应该选这边。我感觉自己是外来的人，不属于这里，这个课堂活动让我不知道该怎么办。我们这方的论辞越说听上去越像法西斯的理论。对面小窗户外的那棵树，顶部的树叶非常黄，到下面一点就绿了一些。我不知道它的年龄，它长得和三层楼一样高。我想象着如果我在战场上杀了人，那么我死后的灵魂会去哪里，这么想的话，我发现被杀死貌似更好一点儿。

　　这节课是这学期最长的一节英语课。那棵树还是摇摆着，我近视和散光的眼睛加大了它摇摆的幅度。我的嘴因为长时间闭着而感到有点麻。

　　下课前，汤姆斯老师把我们之前写的十二页调查论文发回来了。那是我们写过的最长的论文，我写的是"1890–1920年现实主义文学和美国梦的关系"，我知道我那篇文章的语法乱七八糟的，虽然有几个自己的想法还不错，但我觉得成绩应该不会怎么样。

　　"这是你的。"汤姆斯把厚厚的一沓论文扔在我桌上。

　　"你的思想水平超乎群人。"他用红笔在我论文的开头这样写道。我看了看周围人的论文，都没有评语。汤姆斯老师跟我说，语法并不是学术中最重要的，最重要的是你的思想。你有思想，不要因为语法而自卑。这是其他老师从来没有跟我说过的。

　　下午放学时我在储物柜前收拾书包。汤姆斯走出教室准备跑下楼，他看到我，笑着说，你今天课上貌似很安静啊。我说，对，因为我发现我并不赞同我们这边的论辞。汤姆斯的习惯是，和人说话时还脚步不停，总让别人追着他边走边说，也是一种节省时间和提高效率的方式。他撇嘴笑了笑说，那就是你的问题了。我还想跟他多说一会儿话，他已经跑下楼去了。我又走回英语教室，从窗户那里看到汤姆斯过了马路，到对面那家甜甜圈店的停车场边点燃一根烟。

竞选学生会主席

5月底,密歇根湖比4月阴沉的天色更蓝了一点儿。

这是每年选学生会主席的日子。任何人都可以竞选,只要把演讲稿给校长看一遍之后就可以在全校演讲,民主投票决定谁可以当选。

昨天晚上路克冯在朋友圈说他很紧张,他怕白人只给白人投票,黑人又只给黑人投票,而支持他的只是中国人。今天是竞选演讲。基本上都是高三的学生,因为高四马上就毕业了。有五个候选人,三个白人,一个黑人女孩,还有路克冯。中国学生都喜欢这么叫他的名字,而不叫他的中文名。

他中午吃饭的桌子边围着一堆学习好又调皮的美国男生,他们听说他要竞选,就像开玩笑一样大吼大叫支持他。他们觉得这很有趣,觉得竞选是个游戏,或是个娱乐项目。天天问路克冯怎么用中文骂人的白人男生凯文就是其中一个起哄的人。他说自己有八分之一的中国血统,他爷爷是北京人。他皮肤太白以至于总是红的,眉毛很淡,更像爱尔兰人。他帮路克冯打印了一堆宣传单,背景是美国国旗,路克冯的照片,上面写着:"人民的力量,支持路克冯。"他们把这些宣传单贴满了学校,路克冯问我能不能帮忙,贴一张到我的储物柜上。

今天吃完午饭后,全校学生都去礼堂集中。听五个候选人的演讲。一个总是穿着五颜六色的沙滩短袖的白人男生第一个讲。在舞台上又蹦又跳。这时他说:"现在我要给你们展示一下我的领导方针是怎样的。"

他让全校差不多最矮的一个低年级新生站了起来。"大家看到了吗?他虽然矮,但是如果你们选我当学生会主席,我会弯下腰跟他说话。"他弯下腰。

他又让一个全校最高的男生站起来。"同样,他比我高这么多,但是我会和他平等。"他说着搬了个椅子,踩在上面,这样他们两人就差不多高了。

"我想说的也就这么多,人人平等,请为我投票。"

到路克冯演讲了。

"中国著名的政治家、领袖毛主席说过,'在一切实际的工作中,凡属正确的领导,必须是从群众中来,到群众中去'。"他的开场白。

路克冯的英语发音带着点重庆话口音,更让凯文他们觉得这是一个娱乐项目。

"我将代表人民,代表群众,聆听你们的想法,并想办法把我们学校变得更好！"他又做出了宣传单上的姿势，双臂打开，头向上看。

听众里很多人在欢呼，跺着脚，"路克冯！路克冯！路克冯！"

下午放学前，票数统计出来了。路克冯将是2016年到2017年学校的学生会主席。也是历史上第一次中国学生当选这个学校的学生会主席。

他跑过来跟支持他的人拥抱："我觉得我竞选上了学生会主席后，再好好考SAT，申请哈佛应该就没什么问题了。"

一直到期末，路克冯竞选后遗留的漫天的宣传单还时不时出现在走廊的角落或是厕所的墙上，像夏天刚到来时几片深绿的叶子夹杂在嫩绿的一片中，被风吹起。

密歇根湖更蓝了。回家的日子也快到了。

硬皮年鉴

夏天到了,骑车走在放学的路上,两旁大树的叶子,嫩绿色。我喜欢双手撒把在没人的马路边骑车,看着被树叶遮住的下午的天,像白天的繁星。美术课上,戴着鼻环的老师让我们随便画一幅有鲜明色彩的记忆的图时,我就画了这时看到的移动的天和树叶。

今天午饭时间比平时长了二十五分钟。我和尼蔻推门进食堂后发现一堆人挤在角落的几排桌子旁,学生年鉴到了。今年设计的封面是黄色和绿色相间的备忘录的样子,去年的封面是白底黑字印得密密麻麻的学校每个人的名字,中间留白处是一个字母 D,代表这个高中的开头字母。每个桌子的人都互相交换着在第一页和最后一页的空白处留言,硬皮年鉴的角常戳到手腕。今天午饭没人专心吃,我的三明治就吃了一口。

平常一起玩得不错但关系不是最亲密的女生们互相就签一个我爱你、很开心和你做朋友、我们有好多共同回忆啊。又比如×××,哈哈哈,暑假快乐,我会想你的,然后签上自己的名字、日期，有时候还会画个心。×××的部分往往是两人或几个人互相知道的笑话，有这样的内部笑话的话，年鉴还是比较好写。有些只说过几句话的，因为社交尴尬，找不到几句可写的话，一般就写：祝你有个很好的暑假，很开心和你一起上数学课或是美术课或是体育课。

我给尼蔻写了很长的话，大致列举了一下今年只有我们之间互相懂的笑话和秘密暗号，占了她第一页留言板的一大半。她给我写的也差不多是相似的内容。只不过她写字习惯连笔，我读着有点费劲。还有几个中国学生和我互相留言，因为和美国不太熟的学生那样客套的留言习惯了，突然转成用中文说还不知道该写什么。

刚刚竞选学校学生会主席的高三学霸路克冯在每个和他互写年鉴的人的留言板都写下：国际象棋队很重要。因为这个队里总是有很多书呆子，他们也没有拿过什么让学校引以为荣的奖，所以老是被忘掉。午饭时间快结束了，在一堆年鉴中我拿起一本以为是路克冯的年鉴，用中文写道：祝你在新的一年，选到想上的课，考到想上的大学，上到想上的男人。我只是开个玩笑，不过他到处跟别人说他不是直的（直男）以至于周围的人对他的性取向有点疑惑。写完后我发现我写错年鉴了，写到尼蔻的年鉴上了。她问我写了什么，我没告诉她，于是她到处问中国学生这上面三句话是什么意思,不知道有没有人给她准确地翻译成英文。

午饭结束时,学校的金发大妈喊着驱赶还趴在饭桌上写年鉴的学生。另外两个中国学生分别在我的年鉴上留言:"爱"和"呵呵"。

下午第一节课是美国历史,还有人偷偷摸摸互相写,被缪勒老师说了。虽然两周前我们已经考完了 AP 美国历史,剩下的时间基本上在看电影。今天缪勒老师自己烤了奶油蛋糕和巧克力布朗尼,切成小块放在纸巾上分给每个人。我期待着她走到我座位旁边,但又装着好像不是特别在意的样子。

今天放的电影叫《管家》,讲一个南方的黑人管家如何一步步进入白宫成为总管家,伺候一任又一任白人总统,直到退休后在电视上看到 2008 年奥巴马竞选成功的事。黑人女孩艾丽萨坐在我旁边,她的一头长发辫喷了很多香水。她跟我说要跟我讲个秘密,别告诉别人。我说行。

艾丽萨的暗恋

个子一米九五的迈克应该是全级最高的男生，寸头，戴着眼镜，总是穿着学校的银灰色套头衫，黑色篮球鞋，雪白的袜子。他见到中国学生总是不忘记告诉他们他之前的高中是深圳高中国际班。

他坐在历史教室的右边角落，扭曲的百叶窗遮不到的一半阳光刚好落在他的桌子上。坐着的时候他的黑色裤子总给人感觉好像短一截，露出白色的袜子。

想去日本的艾丽萨，在学日语，迷上了日本动漫和日语歌。她平时背着的一个紫色的编织袋上面写着东京食尸鬼，她有时问我一些日语，我也不会，虽然有些字和汉字长得一样。

迈克在艾丽萨的年鉴最后一页的空白处写了挺多的话，推荐她听哪些日语歌，看哪些漫画。对了，我年鉴上的"呵呵"两个字，就是他给我留的。

艾丽萨紧张地给我看迈克的留言，说她喜欢他。她让我帮她问问迈克喜欢什么样的女孩。艾丽萨今天戴着一个黑色的项圈，左边鼻翼上有一个金色的鼻环。

我说你的鼻环很酷,她说这是假的,她没穿孔。我说怎么弄的,她说明天给我带一个,问我要哪种颜色,黑色、金色,还是银色。我不知道,拿不定主意。她说银色的吧,比较哥特风格。

晚上,我试图在微信上跟迈克聊一会儿。做了两年同学,我们的聊天记录全是关于作业的事情。我问他喜欢什么样的女生,他说,萝莉,并发了一张图,那是一张漫画,一个看上去像十一二岁的小女孩。他还告诉我他喜欢男生,并发了一张他和一个男性朋友的亲脸照片,像是在开玩笑。

早上,乐队的德斯老师没来,我在食堂坐着。艾丽萨敲了敲我的背,她拿出她给我做的假鼻环,让我戴上。我告诉了她昨天迈克说的话。我告诉她去下载个微信,这是中国最常用的聊天软件,我把迈克的微信号给她,这样不用我天天传话。

这是我第一次遇见一个中国男生被本地女生暗恋,有点激动。

晚上我和迈克谈到艾丽萨,他说她太胖了,还是黑人。这句话我没告诉她。我说,你是种族歧视吗?他说,只是个人观点。然后把我拉黑了。发了几次消息都没发出去,红色的感叹号。不知道从什么时候开始我总是怀疑别人种族歧视或是性别歧视,这样敏感到容易激动,我也不知道导致它的原因。

这两个星期艾丽萨好像没有提起迈克,对夏天的渴望好像淹没了很多人的情感。

高二的最后一天，艾丽萨在下午的英语课上趴在我旁边说，我不喜欢他了。她嘿嘿笑着，好像吹走了一片沉重的叶子。

5月的密歇根湖看上去像海，蓝得使眼睛疲倦。有时候在沙滩上能看到海玻璃，过去的人喝完了啤酒把啤酒瓶扔进湖里后，酒瓶尖利的碎片被时间磨成光滑的各种颜色的石头。有个小女孩弯腰在捡，好像哼着婚礼进行曲，重复着那几个音。

6月初，暑假，我回到湿热的广州，广州大道上嘈杂的声音被风带到高处。我还保持着去哪儿都给人扶着门，让别人先过的习惯，没听到任何人道谢反而被奇怪地看着。我心想下回我再也不帮人扶门了，但每次走到任何门口时肌肉就下意识地扶着门，等人走完才放开。

在乌鲁木齐的邂逅

7月。我的名字的意思是夏天的女孩,仲夏时出生,我妈以前告诉我夏天是我生命力最旺盛的时候,我最喜欢的季节。好的事情总发生在夏天,到了冬天它们就不见了。

每年夏天我都会去乌鲁木齐——我的故乡,待上半个多月,看姥姥、姥爷,还有我童年生活过的院子。这个城市的气味闻着比较熟悉,一天里不同时候的味道也不太一样,我印象最深的是天刚开始黑时,深蓝色的味道。

今天晚上我去看一个现场演出,一个穿着带有白色和平标志的黑色T恤的男孩站在我旁边,脑后扎了一个很短的马尾。不知道为何,有种熟悉感。

"你几几年的?"演出结束后我问。

"1995年,你应该比我大几岁吧。"

自从我出国之后,我看上去总是比实际年龄大好几岁。

"我的名字叫保罗。"

"我小时候去过南门那个教堂,后来不去了。"他说。

那是乌鲁木齐唯一一个天主教堂,我童年的星期天在那里度过。只不过我从来不好好待在教堂里,而是带着一帮小孩去地下室和其他大人找不到的地方玩捉迷藏或恶作剧。

回家后,我给姥姥讲了今天很巧的相识。

我们开始每天出去玩。

我最喜欢教堂的傍晚,金色的落日照进开了一半的门,灰暗的教堂没开几盏灯。红皮跪凳被膝盖跪破两个洞,露出里面的黄色海绵。晚弥撒一般没什么人,只有几个一直坐在前排的老太太,弥撒结束后用难以辨析的西北口音念玫瑰经,拖长的音调。

这是保罗十五六年后再次来到教堂这里。傍晚后,天就像我说的那种深蓝色,我们去马路对面的汤饭馆吃汤饭。小时候我爸会端着自己家的锅去汤饭馆接一锅回家。

出来时天下起了小雨。他家住在红山附近。

"要不我们走回去?"他说。

我闭着眼睛走在盲道上,我们打赌看谁闭着眼睛能走得更远,他走两步就不行了,我就一直闭着眼睛走,他拉着我,雨点落在我的眼皮上,以及他冰冷的手臂上。

下午,我去姥姥家附近的一个大学校园里看保罗踢球。乌鲁木齐的夏天白日很长,所以这时一般是晚上8点左右。我穿着绿色的裙子,拿了一本短篇集坐在观众台看,当然我什么也没看进去。我没戴眼镜,看不清场上谁是谁。他还是穿着黑T恤,中场休息的时候问我他踢得如何,我说很好。

通常保罗踢完球天就快黑了。我们从学校院子的后门翻墙抄近路,他喜欢黑夜,因为你可以干很多事情,也没人会看你。他同样像我一样喜欢走路时靠着别人,我们走路就互相靠着,重力加在对方身上,可以边走边睡。

我在乌鲁木齐只待了二十天。

雅玛里克山蓝调

7月19日,我离开乌鲁木齐的前一天。天是灰色的,太阳穿不透云层,像患了白内障的狗的眼睛。

雅玛里克山在乌鲁木齐西边,是个森林公园,后门离我姥姥家很近。我和保罗打算今天去这山上烤点东西吃。走到一半发现我们并没有准备任何可以拿来烤了吃的,路过一家大盘鸡店,他进入厨房问,能不能卖给他一个生土豆,一块钱。我们同时在小卖部买了点小时候吃的三无食品,现在人们叫它们辣条。

这座山的后门不对游客开放,附近正在建些别墅区。幸运地,我们用一个施工梯子爬到了房顶,从房顶上直接上山,这个高度已经超越了栏杆。大概爬了两个小时,到了山顶的亭子。这是一个仿罗马式的大理石亭子,冷清,没人。风吹着挺凉快的。走过了亭子是山崖,在这途中,有一个用绿色和白色的临时塑料板搭建的小房子,窗户破着,没有门,里面有一张床和桌子。从这扇小窗户能看到这座城市,这是一个被遗弃的小房子,奇怪地在山崖边站着。山崖边有一块很大的石板,坐在上面脚可以悬在空中。我们打算在这生火,烤土豆。用光了几包纸巾,干树枝总算开始燃烧。

我们躺在这块石板上，看着灰色的天，什么也不干。虽然是阴天，天背后的太阳还是让我睁不开眼睛。手机在放一首叫《我的脸望着山的那边》的后摇曲子，前奏和结尾都隐约有小孩的笑声。

土豆看上去烤好了，外皮黑了。我们轮流啃着吃，土豆里面还是生的，有点汁。我很渴。我们把吃不完的一包没开封的瓜子埋在一堆石头下的隐秘地方，做了个记号，等明年夏天我回来我们再把它挖出来。

我们继续躺下看天，直到太阳即将落山，前方橙色。

"你想一个人的时候会做什么？"我说。

"见面。"

"见不到呢？"

"打电话，发短信。"

"没联系方式呢？"

"那就坐下来自己静静想一会儿。"

"你知道，我觉得我们现在很像一个叫《梦之安魂曲》的电影夏天的部分。"他说。

从这里能看到火车轨道，有时会有火车经过。

第二天我坐火车离开这座城市，可能也经过了这座山。

高
三

瓦格纳先生的电话

今天晚上打雷,暴雨。来自湖另一头的狂风把这个街区的好几栋房子的电线都吹坏了,停电。还好今天是周五,第二天不用交作业。

我坐在床上,和保罗的视频聊天刚刚因为网络连接不好断了。自从我回美国后,我们几乎每天都聊天,到了周末,我们的日夜就变得混乱,六七个小时的视频聊天。他白天睡觉,到了晚上,也就是我的白天。我们一起看一部或者两部电影,有时候他在他电脑上放,用手机对着屏幕给我直播,有时我从我这给他放。我们就这样别扭、迷糊、反光地看了很多部。一种防止反光的方法是点燃打火机把光从屏幕上吸走。有时我们看着睡着了,电影是循环播放的,醒来时会发现视频自动断了而电影还在播。我喜欢听他睡着时均匀的呼吸声,这时我就戴着耳机边听他呼吸边写作业。

对着我的床的是两扇小窗户,白色纱窗帘,外面很黑,闪电突然点亮它们的一瞬间,像看着我的眼睛。这并不让我感到恐惧,反而觉得安全。

凯蒂今天晚上没回家,她说去同学家过夜,第二天一早就回家。她爸妈,瓦格纳夫妇,现在在客厅看一个漫长的德语黑白纪录片。瓦格纳先生,他说叫他马克就行,但我总觉得直接叫名字有点别扭,他打算给他德语课上的学生放这部电影的一部分,但瓦格纳太太说太枯燥了,只有催眠作用。

瓦格纳先生和我爸同龄。他的祖先来自德国,后来移民到威斯康星北部一个叫瓦萨的小镇上。瓦格纳太太的父母年轻时从波兰移民到密尔沃基附近的一个小镇,她母亲的英语依旧带着很浓的东欧口音。瓦格纳太太每次和她母亲打电话都说波兰语,但她英语说得没有一点儿其他口音。瓦格纳先生的母语是英语,大学时才学的德语专业。他们是大学同学,在德国留学时认识的,那时他俩都还没有发胖。凯蒂比我大一岁,高一个年级,和尼蔻同年同月同日生,但尼蔻因为小时候做眼部手术晚了一年上学。比凯蒂大4岁的哥哥约翰,现在明尼苏达州读大四,准备考回密尔沃基的一个法学院读研究生。

我住的房间本来是约翰的,但他现在只在节假日回家,回来后就住地下室。他的书柜里放了很多鲍勃·迪伦的吉他谱和相册。他和他爸都是鲍勃的狂热歌迷。这是个很热心的天主教家庭,每周日,瓦格纳先生读经,凯蒂辅祭,我拉琴,瓦格纳太太常常一个人在下面坐着。瓦格纳先生相交四十多年的老朋友也叫约翰,现在明尼苏达州当神父。他们常打电话聊天，一聊就是几个小时，每次得等瓦格纳太太给他使眼色他才会停，他们有说不完的话。瓦格纳太太说过约翰的一件趣事，有一年圣诞节他送了两件礼物给瓦格纳家，过了两天他又要回去了一件，说他还要送给另一个朋友。

因为是周五的晚上，我并不想睡觉，但躺在床上发会儿呆就真的睡着了。

第二天，还没睡醒就听到瓦格纳先生在客厅里打电话，打了很久。这所房子隔音不是很好，一百多年了。我隐约听到他说凯蒂对父母撒谎了，她昨天并没有去女同学家，而是去了比她小两级的男朋友家。

我去了趟厕所，看到凯蒂的门像往常一样关着，还开着灯。她回来了。

"约翰，你从身为神父的角度，按我们天主教的教义严格来讲讲婚前性行为。"我听到瓦格纳先生大声说，好像故意要把声音透过墙传到凯蒂房间似的。

"是啊，这个算是冒犯天主的大罪了，得马上去办告解！不过你要从极端自由主义的那套来讲，"瓦格纳先生停了一下，"那他们也许会说，如果对未来双方都带有点责任的话，彼此不试试怎么了解？这样似乎也很合情合理。比如我儿子约翰就跟我辩论过,总不能什么时候都柏拉图式恋爱,爱不光是精神层面的。很多人都会觉得天主教太保守了。你觉得呢?"他继续说,音量越来越大,吐字清晰。

我坐在我房间的桌前,没发出什么动静,连光脚踩在木地板上都很轻,好继续听凯蒂她爸还说什么。其实他也可以直接跟凯蒂谈话的,这么间接地说得大家都能听到,我有点替她尴尬。

又讨论了很长一段时间后,瓦格纳先生好像已经得出了结论,天主教的这条教义是得遵守的,因为这些带着天主的祝福和神圣的奥秘。

中午吃饭的时候,我看到凯蒂眼睛好像肿了。

英语老师汤姆斯

英语老师汤姆斯是个神秘的人,他每天下午3点钟一放学就没影了。他个子不是很高,差不多一米七五。他一年四季都穿着一件黑色的皮夹克,上课时挂在他的椅背上。一年四季穿着黑色军皮靴。深绿色的衬衣塞进裤子。他的眼睛是绿色的,不过随着不同的天气改变颜色。他的右耳一直戴着一个小耳环,骑着摩托车上下班。他的桌子很乱,每天早上他都会在学校马路对面的甜甜圈店买一杯咖啡。他不喜欢扔掉喝完的白色咖啡杯,或者他压根就从没喝完过。他的桌子的左边和右边分别放了两瓶荧光色的汽水,都只剩下一小半。那两瓶饮料好像从学期一开始就已经在那放着了,估计等我高中毕业的时候它就会蒸发完,神秘地消失在空气中,像化学实验室的什么溶液,或是像他一样。

高一的时候我只见过汤姆斯两面,都是他匆匆走过,背着黑色的小提琴盒。还有一次是全校的文艺演出,他用插了电的小提琴拉了首爱尔兰民歌。当时我不知道他是这个学校的老师,以为他就是来表演的。

汤姆斯教高年级的高级英语课和创意写作课。上课的时候他喜欢坐在桌子上，踩着凳子。他从不用课本，也不怎么做板书，只是讲。他脑子里有各种稀奇古怪的知识，他好像知道一切。他讲着课经常跑题，开始讲他过去当兵服役的事情，或是开始讲哲学。有时他讲的笑话能让班上的人笑出眼泪，特别是有些女生。

每天吃完饭的午后就是他的课，感觉听着他讲课就像飞出这里的窗户看到了远方一样。我上他的课不戴眼镜，就模模糊糊看着他所在的方向，常常看看表，英语课1点14分结束。唯一一节我想让时间慢一点儿走的课。

今天他又跑题了。

"我真渴。"我说了一句，中午吃的有点干。

"怎么你又要喝我的血了是吗？"汤姆斯问我。我坐在第一排，他每次都会听到我说的话。从上次我跟尼蔻聊到我觉得喝有趣的人的血很酷之后，汤姆斯就常用这个问题来开玩笑。不过上周图书馆管理员老太太听到他说的这句话后用诧异的眼神看着我们，他解释说这是我们课上的内涵笑话梗。

"有时候我怀疑我都不是真实存在的。"本杰明说。本杰明是年级里的"怪胎"，他喜欢恶作剧，并做出一些让人惊讶的事情。他戴着大框眼镜和牙箍，是汤姆斯的妻子安娜最小的弟弟。

"那我们今天就聊聊哲学吧，那部小说先放着，明天再讲。"他说。

"有人知道'Cogito Ergo Sum'是什么意思吗?"他问。

没人说话。

"这是笛卡尔说过的一句拉丁名言——我思故我在。他证明了自己的存在,剩下的却是虚无。"班里很安静,汤姆斯从坐着的桌子上跳下来,走到白板前开始画一个时间轴,从苏格拉底、柏拉图到尼采,并用简短的语言介绍了他们的理论和之间的纠纷。哲学听上去很有意思。

"很多哲学家都被当时政权的权威利用来煽动群众,比如人人都知道尼采说的那句'上帝死了',但其实那不是他自己说的,而是他的作品《查拉图斯特拉如是说》中的主人公说的。然而这种误解是很常见的。"

这时他的手机响了,他接了电话就出去了。

他的妻子安娜,最近生病了,可能是她医院那边的电话,我们在猜发生了什么。十年前,汤姆斯刚开始在这里教书时认识了安娜,她当时是高二学生,上他下午的英语课。安娜在我们学校爱尔兰民乐乐团里吹长笛,汤姆斯是乐团指挥,也拉小提琴。汤姆斯每隔一年就带一组学生去爱尔兰旅游,拍电影,那时安娜也去了。安娜大学毕业两年后他们结婚了,安娜自己设计了婚纱。

"我姐说汤姆斯有时候精神上对她很暴力,控制欲太强。听说他当兵之后就这样了。"本杰明说。

我盯着前面的白板发呆，白板的两边是两句中文版本的叶芝的诗，汤姆斯很喜欢的诗人，也同是爱尔兰的后裔。他上学期让我抄在白板上，很多人问他那是不是他写的，他说他哪能写得了，安妮帮他写的。

"多少人爱你年轻欢畅的时辰，爱慕你的美丽、假意或真心，只有一个人爱你那朝圣者的灵魂，爱你衰老了的脸上痛苦的皱纹。"

汤姆斯还有一个习惯就是从来不擦白板，那两句诗就一直在那里，有几个字被磨花了。

尼蔻出事了

今天周五,高三这年的头两周过去了。

在秋天就要到来的时候,密尔沃基依旧三十多摄氏度。乌云,有小雨,湿热。学校为了省电费不开空调,巨大的白色风扇在每个教室转,吹起头发,还有坐在对面的女生的裙子。她们都穿着裙子,坐着的时候不跷二郎腿,并没有意识到坐在教室的另一边的人可以非常轻易又不情愿地看到她们内裤的颜色。

我的储物柜还是在二楼,只不过在走廊的另一边。远离了汤姆斯的教室,我这学期也不再上他的课。

今年终于能在上午第四节课后的第一个午饭时间去食堂吃饭了。每天两个午饭时间,高三和高四先吃,高一和高二过二十三分钟后再吃。食堂不能同时装下三百多个学生。

尼蔻今天从泰国女孩樱桃那里买了一盒夏威夷风味的咖喱鸡米饭。樱桃比我们低一级,她和上高四的姐姐住在小姨家。她小姨在市中心开着一家泰国餐厅,让她卖给一些中国学生盒饭,一盒饭五美元,比食堂的比萨或汉堡包要便宜一些。

和中国学生玩得好的几个美国学生都下载了微信,在微信群里讨论明天要买哪种饭。学校不让学生私底下卖饭,所以他们都说好无论如何也不能说出去。

我们的饭桌有差不多十二个人。很挤。转学过来的眼线画得很好的有点儿胖的艾米丽和今年从英国回来的瑰斯也坐过来了。尼蔻去排队用微波炉热樱桃今天早上带来的盒饭。

她坐在我们一桌吃的时候,整个区域都弥漫着咖喱味。几个女孩用余光看了看她吃的什么。

尼蔻的脸开始变红,她转过身背向饭桌。低着头,她的金发很乱。

"你怎么了?"我说。想让她转过身,看看她的脸。

她摇了摇头,起身去了厕所。

我以为她又像平常那样无缘无故压力很大闹别扭,就没理她。

她回来后脸更红了。

"你到底怎么了?"

她看着我,好不容易含糊地说出两个词:"坚果过敏。"

"啊,要不要跟老师说?"她点头。

我以为过敏只是皮肤痒或是有点不舒服。我跟老师说了后,老师跑着冲到医务室叫校医。他们一路跑到食堂发现尼蔻已经离开她的座位。

过了一会儿,校长、校医还有老师们在女厕所发现了她。她无法呼吸了。他们把她接走，送进了急诊。

我突然想起为什么尼蔻去哪里都带着那支荧光色的救生笔。那支笔可以用两次，大概四百美元。前段时间，新闻上一直在说救生笔的无理高价让百分之四有过敏体质的美国人无法每人都拥有。比如发生特殊情况时，在腰后面按下救生笔，它可以支撑一会儿，直到救护车到达，所以不会有生命危险。

下午的每节课本来尼蔻都是和我一起上的。创意写作、心理学和 AP 文学。今天饭后的创意写作课我坐在电脑前发呆。本应该写一篇散文来描述一个自己熟悉的地方的。我想象了一下万一她死了我去参加葬礼的情景。想到我们一起的冒险，笑话，暗号，在学校里的秘密基地她哈哈大笑的样子。当然这只是想象。

下一节心理学课我上到一半有老师叫我出去。我以为学校发现樱桃卖盒饭的事情了，而我就是那个拉尼蔻进我们这个泰国饭的微信群的人。但尼蔻保守了她的承诺，她没告诉他们，只是说朋友带的吃的。

老师告诉我尼蔻没事了，让我放心。她猜想我可能会很担心，所以让老师跟我说一声并转告说，"你知道嘛，你真是一个很好的朋友"。

放学前，学校广播说：从今以后不能有任何学生给别的学生带吃的，被发现后会受到严重的惩罚。我和班上的另外一个中国女生互相交换了一下眼神。

数学课

今年我上的数学课是三角函数。

换了个数学老师,班上很多都是高四的学生。凯文坐在我后面。祖籍闽南的菲律宾女孩索菲亚坐在我前面。

今天上课的时候我和索菲亚用中文在聊哪个美国男生比较令人反感,这样附近没人能听懂。班上的另外一个中国男生坐在教室的另一头,离我们比较远。

"你们在说什么?"坐在我后面的凯文突然用中文问我。

没想到他还会说点中文,我担心他有可能听懂了一点儿我们说的内容。

"我好饿,我没吃早饭。"他用中文说。不知道为什么,他说中文比其他美国人说的要清晰。可能因为他有一个北京爷爷。

"我也是。"我说。然后转头继续跟索菲亚聊天。

"你们在说我很帅。"他又说话了。

"你想得太多了,凯文。"我用英语回他。

"我好伤心。"

后面安静了一会儿。

"Hey，你个黑鬼。"他用中文对着坐在他斜前方的一个黑人男生说。

在我们学校，对黑人同学用 N 开头的词会得惩罚，留校写检查。

"你个白鬼。"黑人男生也用中文回复他。

我和索菲亚愣住，看着他们用我们的母语互相对骂。

"傻×。"傻× 这个词对于美国人来说很好发音。

"你傻×。× 你妈。"凯文指着他说。

"他妈的。"

我问凯文他什么时候学会这么多中文脏话的，他说这些最基本又简单的中文脏话学校每个人都会吧。

数学课上还有一个美籍华人，他叫乔治王，但是拼成 Wong。他爷爷奶奶辈从香港来到美国，他爸做生意，他妈是美国人。从他的外貌上看不出他是混血，和其他中国学生长得差不多。

他喜欢逗来自中国的留学生玩。和他们在中餐快餐馆前合影并发到社交媒体上，配上一个熊猫的表情；或者随便找一个中国女生合照，发到脸书上说，这是我女朋友。很多美国人觉得他这样太有趣了，他就这样成为这个年级很受欢迎的人。

坐在教室另一头来自厦门的中国男生叫卡尔，今年高四。他不爱说话，总是上课写着字就睡着了。

"卡尔，卡尔！我们俩是不是世界上最好的哥们儿？"乔治王说。

"是的。"卡尔点头。周围一阵狂笑。

"你好毛，你好毛？"乔治王没法发出"吗"这个音。

"我很好，你呢？"卡尔用英语说。

下课后，卡尔来找索菲亚："他们这些傻×，我都把他们当儿子养的。老问我借笔，每节课都借，借这个借那个，都不还的。我也无所谓，反正把他们当儿子。"

诗歌社

每周二下午放学后,在三楼最尽头的美术教室——诗歌社——他们给它起了个名字叫"未来的声音"。

萨拉去年建立的这个社,它本来是一个非裔美国人聚集谈论种族平等的社团,直到我和尼蔻的加入。之前社里只有萨拉、泰勒、艾丽萨和伊莲娜这四个黑人女孩。她们一起看一些让人激动的演讲视频,举办带着脏话的诗朗诵,讲自己的经历。

后来它变成了现在的这个诗社,一个越南男生,来自深圳的女生罗蕤琳,来自危地马拉的移民男生——本身是女生,后来发现自己内心真正认同的性别是男性,一个和他恋爱的从墨西哥移民的女生,之前的那四个女孩以及尼蔻和我。尼蔻是这个诗社唯一一个白人。

萨拉每次都会带点吃的,薯片、奥利奥或果汁。食物有时比诗歌更吸引人的加入。

11月初,天明显地黑得更早了,3点放学后正好太阳开始下坠。我们围着桌子坐着,半发呆。太阳刚好从窗外树的缝隙中穿过这里,我看到我的发梢被照成棕色,细的地方变得透明,像白日下蚂蚁的触角。

今天和其他周二下午都有点不太一样,有种紧张的东西在我们围着的桌子之间流动。

"我们讲讲自己所信仰的吧。"萨拉说。

"我觉得我们国家应该更包容,比如路上的那些标识,全是英语,有些有西班牙语。但我觉得我们应该把世界上那些大语种都写上,比如汉语、阿拉伯语什么的,不然来自别的国家的人都看不懂。我上次坐公交车看到一个好像是来自中国的老太太,她什么也看不懂,没人帮她,所以我就给她指路了,一直陪她下车。"喜欢日本动漫的艾丽萨说。

"我觉得美国应该保护印第安人的土地。我奶奶是印第安人,我爷爷是黑人。最近,我看到他们要在印第安保护区埋管道,还要赶印第安人出去的时候我很生气。"伊莲娜说。

"我觉得我们国家应该保护来自拉美的非法移民,我的朋友就是非法移民,现在她每天处于恐慌中。尤其今天就是投票日了,希望特朗普千万不要赢。"来自危地马拉的男生霍布斯说。

"呃,我相信种族平等。"尼蔻说。

萨拉是一个患有肥胖症的黑人女孩。她妈妈十九岁上大二时怀了她后辍学了。她同样在乐队拉小提琴。她说,她第一次发现自己的肤色和种族好像不是这个世界所喜欢的那种,是在她六岁的时候。她说，小时候她觉得自己是世界上最快乐的小孩。她的家在密尔沃基的南城，住着的大多数人都不是很富裕。富人区白人对南城充满了恐惧。她爸爸是警察，有次他开自己家的车接她放学回家，他们在路上开着，一个白人的警车让他们停下来，要求检查他们的车上有没有毒品。她家的车很旧，前不久出过车祸。萨拉说，她在想如果他们不是黑人的话，可能就不会被这样怀疑了。

这时窗外的天是紫色的，非自然的浓郁紫色。飘着条形的鲜红的云，看上去像人工色素，也像被烧红的炭。

我让他们看窗外。我们趴在窗台上看天，希望天不要暗下去，太阳就一直这样处于垂死状态好了。

"如果这是一幅油画，我要把它命名为：2016年选举日傍晚，美国最后的余晖。"

我们笑了。

"你们觉得特朗普会赢吗？"我们坐成一个圈。

"我们把一切交给上主。"隔了一会儿萨拉说。她让每个人拉着手。

这时天已经黑了，平静得像这个夜，没有动静的湖。

物理老师艾什

今天是第二学期的第一堂物理课，上学期的年轻女物理老师兼足球教练瑞尔去肯尼亚做志愿老师去了，明年才回来。她走的时候说她会给我们发照片的，但好像她发了两张后就再没联系了。

物理课是早上第二节，艾什老师站在教室门口跟来回走过的学生打招呼。艾什驼着背，穿着皮带系得很高的裙子，衬衣塞进去，棕色皮鞋，大框眼镜和她的脸差不多大。我知道她是退休多年但临时被返聘回来顶替瑞尔的新物理老师，我在走廊里走过她时有点尴尬，不知道该和她打招呼还是装没看见，于是我像往常那样低头看我的作业本，装作很忙的样子走进了教室。

我在第一排坐下，这个位置看投影屏幕方便。物理一直不是我最喜欢的课，上学期几乎每次单元测试我都"挂"了，但有机会重考，拿一个A。这学期我打算好好学这门课了，如果我能坚持下来的话。这是一个高级课程，小班，只有十来个人，其中有几个高四学生。大部分高三年级的学生上的是普通物理课，不会让人抓狂。

艾什老师说话的声音很小，嘴上长满皱纹。我以为她会自我介绍一下然后开始课程,但她好像开始讲她的故事了。

"我叫艾什老师,来自波士顿。在密尔沃基已经待了三十多年了,也在这所学校教了那么久的书。已告别教书几年了,现在挺幸运的,又有这样一个机会能让我重新教学生。我发现我以前的笔记本都在,所有例题和答案都在上面。"她拿起她厚重的笔记本,深红色的,上面有哈佛大学的校徽。

"你们知道,我从小上的都是很小的天主教学校。在我高三那年,有一个物理老师从根本上改变了我。我从小就是一个奇怪的小孩,我热爱物理,这不是当时社会期待一个女性所从事的行当。我的老师,鼓励我大学去读物理系。我上了一个很小的女校。后来我考入了哈佛读研究生,遇到我现在已经去世的丈夫,他当时在哈佛法学院。我随他来到了密尔沃基——他的老家。他在这里的法院工作。本来我想当一个家庭妇女,照顾好我的孩子们,但我发现这不是我的归属,于是我现在站在你们面前,给予你们知识。"

坐在我走道旁边的墨西哥混华裔男孩安迪已经开始打瞌睡了,他的头点着,眼睛闭着。我希望艾什能继续讲她的故事。

"当我们说到能量——我能拿起一本书,是因为能量,我的能量来自我吃的食物,而它的能量可能来自光合作用,来自太阳,然而太阳的能量呢?如果你一直这么想,其实你会发现物理无处不在，它让你思考。有时候它和哲学都是联系着的，都是对神秘的真理的追求。很多伟大的哲学家，都热爱物理，比如帕斯卡尔，同时命名了压强的单位。别觉得物理是一堆公式。"她从一个木头箱子里拿出了几个放大镜，也是木头做的，还有几个镜片。我们传着看。

"你们可以自己试着映射影像在纸上，你会发现光的美，你会发现外面的树以及对面教堂的尖顶都在你的白纸上。"

"还有请你们小心对待我的镜片，那是我的孩子们小时候的玩具，我想好好保存着。"

明天我们要做一个实验：快速跑上楼梯，计算速度和体重的关系。艾什让我们回家找监护人签字，允许我们跑几层楼梯，以防意外。她说别怪她，这是她学法律的丈夫留给她的职业病。

下课铃打得太早了，我希望这节课能一直上下去，占掉宗教课，上到吃午饭。

今天我突然想起这已经是保罗消失的第三个月了。我侧躺在床上，听着夏天我总循环听的歌，左眼的眼泪漫过鼻梁，漫过右眼，滴到枕头上。

相逢在波士顿

春假。4月中旬，密尔沃基的雪还没有化光。保罗还是一直消失着，我也经常去看看他的听歌记录，听听他这一周听过的歌，这是他唯一留下痕迹的地方。从冬天刚开始那会儿我就常发呆，自己坐下来想他，就像他之前自己说的那样，想念一个人的时候他会怎么做。

现在我得整理一周要穿的衣服，放进小行李箱里，坐明早的飞机去纽约。我爸妈已经到那里两天了，前天他们在芝加哥转机，用机场的网络跟我视频，现在我们没有时差了，连美国国内时差也没有，说话时不用再在脑子里自动换算十三个小时。放假前我故意不想我爸妈要来的事情，这样就会产生一种"明天他们就到了"的惊喜感。

纽约要暖和一点儿，我上次来是高一的冬天，在街上走着冻僵脚踝。晚上我妈在临时落脚的房子里炖了鸡汤——我喜欢吃的菜。

高三的春假是参观大学最好的时候。从纽约到波士顿，大巴大概需要五个小时。波士顿好像更冷一点儿，下午阳光照着，风很大。中国老人们聚集在中国城"天下为公"的牌坊下，围着圈看一桌人打麻将，跟我姥爷在乌鲁木齐每天下午干的事一样。在密尔沃基三年我也没一次性见到这么多中国人聚集在一起。这里带着一种熟悉的陌生，像另一个国家，好像不是我以为的美国，也不是中国。

通往波士顿学院的地铁很慢，终点站。地铁行驶在地面的时候总得停下，给汽车和行人让路。我坐在窗边的位置，看到一对情侣在玻璃门边，那个女孩有一头蓝色的长发，用手捂着脸，好像边哭边流鼻涕。她时不时喘气，她旁边的男孩就搂住她，好像怕她突然冲出门。

"下一站马上到了。"他说。

蓝发女孩的脸通红，绝望的表情看着窗外，液体从眼角流出。到站的时候他们快步下车，互相依靠着走远。

波士顿学院校园里树的叶子都没长出来，一片灰色，天是阴的，快要下雨了。几个学生快步走着。到处都是一组一组的高中生被学生志愿者带着参观，有时停下来讲解。他们的父母跟在队伍后面，也专注地听着。我戴了眼镜，想把校园看得仔细一点。我平时不上课的时候一般不戴眼镜。在主教学楼前面的草坪上也站着一组来参观学校的高中生。

熟悉的灰色风衣，灰色包，金发。

尼蔻站在那群人里。我喊着她的名字跑着过去，草坪有点湿，有些泥溅到了我的鞋上。这时大学生志愿者不得不突然停下他的解说，大家吃惊地看向我。

"不好意思啊，你们继续讲。"我说。

我早就知道尼蔻春假也要来波士顿参观学校，但她没告诉我她什么时候来，参观哪些学校，现在我们就在波士顿学院的校园里碰到了。她的爸妈也来了，见了我爸妈，可以讨论一下早就商量好了的尼蔻这个夏天和我同回中国的事情。

晚上我们在一起吃饭，我爸妈、我的好朋友尼蔻以及她的家人，还有波士顿的一个中国叔叔。在一个封闭的房间里，灯光亮着，外面是黑的，我好像突然失去了地理意识。

中国留学生公寓

这个周末是唯一的拍摄时间了，不然媒体课的作业没法按时交。周六周日去中国学生公寓采访和拍摄，周日晚上熬夜剪辑，实在不行下周一白天上别的课的时候再剪点，这样下午最后一节课的时候就能按时交了。

这是我们媒体课的最后一个作业了，然后就是期末。泰勒退了组，她觉得我们这个做纪录片的想法有点无聊，想自己做自己的恐怖片。所以我们组现在就剩下我、尼蔻还有西蒙。实际上只是我和尼蔻真正在做所有的工作。西蒙，来自北京的高四的男生，住在中国学生公寓，不常洗头，头皮屑掉在他的那些只在芝加哥买得到的衣服上。每天媒体课他要么盯着电脑屏幕选他大学要买的车，要么偷玩手机，微信上聊天，有时也会参与两句我们的讨论。

"我跟你们说，你们最好去采访一下这个辅导员——Jacob，我们都叫他结咔布。去年我教训了他一顿，他是个傻×。"他插了一句。

"但是千万别让他知道你们和我是一个组的，不然估计他会拒绝。"

中国留学生公寓，在密尔沃基旁的另外一个郊区，离我们学校有一个小时的车程。它里面住了三百多个中国学生，分布在这个地区不同的私立高中里。他们雇用了很多美国当地的大学生当他们的辅导员，每天管学生，接送他们。同时他们还有一个来自广东的厨师，每天晚上做带粤菜口味的中餐。

"去年，我早上只是自习课，我不想去，结咔布叫我起床，我没起，结果他一直烦我，我就教训了他一顿。这人再没敢惹我了，把他给吓得，见我都得绕道走。"西蒙笑着说。

"你们采访一下他，我倒挺好奇他是怎么想的。"

结咔布二十二岁，他今年大学毕业，已经在这个公寓干了四年了，算是比较老的员工。这个公寓也就不到六年的历史。

结咔布今天穿着一件蓝色衬衣，脸上有些痘，总是咧着一边的嘴笑，瘦高，金发。

"你们来啦，稍等一会儿，我要送几个学生去超市买东西。"他见到我开始说中文，带着台湾腔。每周六，他都会开着面包车带些学生去附近的一个中国超市买东西。

他大一时修的基础中文，那年暑假他去台湾待了两个月。他一开始应聘这个学生公寓的职位时并不知道原来这是个相当于管青少年的工作，并不是文化交流，或者翻译之类的。我们坐在他们的大食堂里，这时周围没什么人，只有几个学生在自习。灯光有点昏暗，希望对我的拍摄不要有太大影响。

为了让他开始讲他可能不愿意谈的——被西蒙打的事情，我得先跟他聊会儿天。

虽然这个公寓每天都做中餐，他和他的同事们都不怎么吃，他的一个同事每次吃都会拉肚子。

"我发现的一个文化差异，就是这里的中国情侣。女生总是要让男生为自己做很多事以表示一种体贴，比如让男朋友穿过整个食堂给她拿水之类的。这在美国情侣中好像不是很常见。"

我问他，有没有和学生发生过什么冲突。

"呃，这太多了。我以前不知道青少年这么难管。具体的话，我好像想不起来了。只是有一件事……两件事，闹得有点大。"

这里的学生大多有网瘾，熬夜打游戏，上课睡觉。并不只是男生，女生也是。他们的职责就是不让太多学生聚在一块打游戏，早上再把他们准时叫起来。有一次结咔布想拿走一个正在打游戏的男生的电脑，结果两人扯着领子打起来了，那男生抢回了自己的电脑。还有另一次就是西蒙说的。

"我还发现，很多中国学生在学校里受到了些种族歧视，但他们也不想跟我们说，家人又离得很远。尤其是男生，他们觉得不好意思。不过有一个学生，我挺欣赏他的。"

他说的这个学生,和西蒙是室友,来自深圳,被人称为"大哥"。英文名叫深寇。他在附近的一所高中上学,有一次他们学校的牧师在布道时,他睡着了,后面的几个黑人男生开玩笑地捶他背。他转过头问是谁,让他们停下,他要睡觉。但他们还是继续,并骂了几句侮辱性的话。深寇就站起来,把教堂的跪凳抡起来,砸向那几个人。一群老师冲上来把他搂住。

"我觉得,×他妈的,你就得这么干,不然还能怎么为自己站出来。这种情况,我就夸他,打得好。因为你只能用暴力解决问题了。哦,对了,这段剪掉啊。"结咔布说。

采访结束后,我去西蒙房间找他,想问他能不能采访一下他的室友。男生宿舍在一楼,女生在二楼。走廊的灯光昏暗,很多门都关着,有些半开着的门也拉着窗帘。这个公寓是一个快捷酒店改造成的。两人一间,也有些一人一间的,贵一点儿。

西蒙的门没关,他的门上写着"male god",尼蔻问我这是什么意思。我向她解释了是"男神"的意思,她说西蒙好像有点自我评价过高了。西蒙的房间潮湿,闷,充斥着电子烟的草莓烟油味儿。他的茶几上摆着一套茶具,小冰箱里有冰红茶、柠檬茶、酸酸乳之类的中国饮料。他和深寇趴在床上吸电子烟,玩手机。他们现在已经不抽真正的烟了,麻烦。我问他:"辅导员们不管吗?""他们管不了。"他说。

今晚我们在这吃晚饭,有点辣的小龙虾。尼蔻第一次吃,她剥虾的时候把辣油溅进了眼睛,冲进洗手间去洗。

明天再录些外景,采访几个学生和辅导员,这份材料就差不多可以开剪了。

安吉丽娜爸爸的葬礼

周日，阴天，风很大，还有些积雪被铲到了路边。我在去一个山坡教堂的路上，这附近没什么人，陪我的房东瓦格纳一家参加一个我不熟的、叫安吉丽娜的女同学的爸爸的葬礼。我们提前到了。他们来参加的原因是瓦格纳二十年前曾在我们学校教美国历史课，和安吉丽娜的妈妈是同事。

安吉丽娜不高，略胖，丰满。曾和我在学校排球队打过球，替补队员，她和往我脖子里倒水的安琪是一伙的。我们在学校从来不说话，见面也不常打招呼。她的眼睛是绿色的，有时候看上去是浅蓝色的。她和不熟悉的人说话很小声。她今天穿着一条黑色的裙子，黑色高跟鞋，脸上化的妆挺好看的，高光打得很自然。她和她的两个姐姐站在教堂门口迎接来吊唁的人。她看到我后，轻轻拥抱了我，说，谢谢你能来。这是我和她第一次这么近距离接触，有点尴尬。

她爸爸得肝癌有些年了，常住在医院里。教堂的红地毯走道上，每隔几步就有一个相册集，放满她爸从出生、儿时、少年，成年结婚，到和孩子们的照片，直到近期的照片。她爸年轻时留着长发,喜爱摇滚乐,看上去像个嬉皮士。在一个音乐节上,她妈穿着黑色泳衣大笑,那时她还没有发胖。安吉丽娜现在长得很像照片里的妈妈。走道的尽头是发着光的光滑木头棺材,开着盖子,死者躺在里面,面部发光,鲜艳,安详,有点不像是真的。几个人围着棺材画十字,低头。不知道为什么,我不好意思一直盯着棺材看,陆续看了几眼,克制住了我的好奇心。

安吉丽娜的妈妈站在棺材前,问候到来的朋友,就像每天早上她坐在学校的前台跟学生打招呼一样。她的眼睛有点肿,不知道是笑还是哭地握住瓦格纳夫妇的手,感谢他们能来。我有些不知如何是好地站在旁边,我对他们没有很深的接触。

这是我第二次见安吉丽娜的爸爸。上次是在高一的时候,秋天的排球季,我在学校的球场边坐着,刚打完球。她爸爸走向我,驼背,匆忙,问我是否看见安吉丽娜。我说没有,他就继续往学校里面走了。

我以为我们还会留在这里参加弥撒,但瓦格纳先生说我们今天中午去一个越南餐馆吃饭,所以先走。我出来的路上,看到我们学校的几个老师往教堂走,上坡的时候都弯着腰,手插在口袋中,风很大。

"他"

上个月，万把她的短发从浅蓝色染回了原本的棕色。

她大概是今年一月的时候把头发再次染回蓝色的，我也是在那时开始和她熟起来的，那时保罗刚消失。她去年这时转来这所学校，比我高一级。刚来时她还让大家称她为"他"，夏天过后她又恢复成了"她"。

午饭时，她总是拿着她的电脑一个人坐在靠窗的垃圾桶旁的位置专心地看着什么，有时候在做很难的数学题。她总是穿着不分性别的宽大的衬衣和裤子，她的手经常会不受控制地抖，我一直没问她为什么。

每天下午第一节的心理学课上，她坐在我隔着走道的旁边，有时老师讲了带着奇怪幽默感的笑话我们会看彼此一眼然后笑。她上课从来都是边听课边看她电脑上的东西，以至于我觉得她从来都不听课。

我们开始在 snapchat 上聊天。她厌恶人群聚集的地方，我也常因为怕去人多的地方而躲到厕所里自己坐一会儿。一般这种情况下，她就会去没人的琴房练会儿大提琴。她喜欢天黑时一个人在周围散步，也喜欢在小雨里走路，闻潮湿的草的味道。她常在晚上一个人散步的时候给我打电话聊天，这时我一般在写作业或躺在床上发呆。和人用英语打长时间的电话总是让我紧张，所以我手机常年静音，碰上了的电话就接，没听见的就算了。她发短信问我能不能打电话聊的时候，我依旧会深呼吸一下再给她回一个"好"。这紧张缘于以前担心别人听不懂自己又无法借助肢体语言来表达意思。她给我讲在来这所学校前发生的故事。

高中之前万一直在家自学。高一的时候她第一次正常的去学校上学。她留着棕色长发，喜欢说话和交朋友，每周去市里的交响乐团拉琴。高二时她开始怀疑自己真正的性别，剪短了头发，并再也不穿裙子。她从那时起开始不爱说话并恐惧社交。她遇到了一个叫萨尔的拉美裔女孩，萨拉弹吉他并自己写歌。那时万的外表看上去已经很男性了，英俊。她们一起去看了一次电影，并没发生什么。萨尔对她只是朋友的好感。我问万，萨尔长什么样。她没说任何外貌的细节，只说了一个词：令人喜悦。

今天的午饭时间我走进食堂，看到万又坐在垃圾桶旁的窗边位置，在电脑上打着什么。

"嘿，万。"

"安妮。"

"今天太阳真好，要不我们去学校的后院坐着吃午饭？"

从夏天开始，学校就允许学生午饭时去后院吃，坐在草地上或者台阶上。没人定义什么时候是夏天的开始，尤其在威斯康星这样的地方。不过真正夏天开始的时候谁都能察觉到。

她的牛皮纸午饭袋里放了一个果酱和花生酱做的三明治，还有一个苹果。

"你不吃吗？"

"不饿。"

"要不我们在草地上散会儿步吧，就沿着这条路走？"

学校没有围栏，从学校的后院可以直接走到大街上，可以直接离开学校，去任何地方。前面有几棵树，树枝长而细，像柳树，但它们结着粉色的花。她放了一首她最近很喜欢的歌，里面总重复一句话："政府在看着你。"我们跟着唱，重复这句话，然后笑。

"你知道，我不喜欢抽烟，但我喜欢身上有烟味的人。"她说。我说我也是，然后突然想到保罗身上不变的味道。

二十三分钟的午饭时间就剩三分钟了。我们该回去了。

"要不，我们就这样散着步逃课吧。不去上下午的课了。"她说。

如果我还是初中时的我，我绝对会说，走。但我接下来有 AP 心理学和 AP 美国文学这两节不上就损失的课。我已经不像从前那样随性了，这是个让人难过的想法，但我不想让她知道我其实是在担心错过重要的课。

"我最后一节是电影课，汤姆斯教的课。我找个借口说肚子疼，提前收拾好书包然后在学校后门和你会合，如何？"我问。

最后一节课打铃时我有点紧张，以至于我肚子真的好像有点疼了。高中第一次逃课。今天电影课本来也是自己剪片，片子我已经弄得差不多了，我这样想。通常电影课我坐在第一排，我们几个不想剪片的就和汤姆斯老师聊天，从聊些烂片、好片，到什么牌子的酒和烟，以及他在阿姆斯特丹的船上喝醉的事。

今天他刚好跟我们讲他高中时候爱干的事。

"以前我最后一节课是宗教课，十分无聊。每天我就和朋友提前收拾好书包，坐最后一排。问老师能不能去上厕所，然后背上书包就走，他一个学期也没意识到我到那节课结束都没从厕所回来。"他笑的时候下巴发抖，坐着的椅子也在发抖。

我愣着坐在椅子上。怪不得我觉得和汤姆斯有这么多话说，原来我们的想法和行为如此相似。我又转头看看表，2点15分，离我和万约的时间已经超过了五分钟了。我开始趴在桌子上，脸上充满了痛苦的表情，这不完全是装的。直到坐在我后面的尼蔻发现了我的情况，她问我怎么了，我说痛经。

"汤姆斯，我能不能去楼下医务处拿点药吃？"

"拿点镇静剂来稳住你的神经吗？哈哈。"他总喜欢开这样的玩笑。

我跑着去我的储物柜拿我的书包。万已经在后门等我很久了。玻璃门在我们后面关上，外面阳光很强，我们沿着这条通向湖边的马路走，街上没什么人。我们也不说话，只是放着歌。她衣服上总有一种很香的，比一般洗衣粉都好闻的味。

下午两点多的湖很蓝，和天有明显的界限。湖边有一个很陡的长满草的坡，旁边有两个秋千，还有一个小木屋，没人知道它到底是用来干什么的。我们躺在坡上，歌还在继续放着，还是那首《我的脸望着山的那边》。草在阳光下被照得有点透明，就像她脖子上开始发光的汗毛一样。她的手碰到了我的手，我开玩笑地捏了捏她的无名指，以缓解尴尬。

在桥下

下周二就开始期末考了。今天又是一年一次的多元文化日，不上课，看带着各个国家特色的表演，吃被美国化的各国食物。这些活动结束后，老师和学生在体育馆打一场纯粹娱乐性质的篮球比赛。

"我在老地方等你，赶紧收拾书包，穿个外套，今天外面应该有点冷。"万站在厕所洗手池的镜子前说。我们不打算去看什么篮球比赛，我们有更有意思的事情做。

这时一个爱管闲事的女辅导员老师推开了厕所门。我们不能让她发现我们这时候不在体育馆看球赛。我把万推进一个厕所格挡，我们两个都躲进了里面。希望她没有听到我们发出的声音。我踩在马桶上，这样从外面她就不会看到两个人的脚。

"我第一次和别人待在一个厕所格挡里，说真的。"万说。

我让她别出声。

今天下了小雨，万穿着一件厚的棕色皮夹克，雨点打在她衣服上有点响。我们低着头走出学校的后门，又沿着那条通往湖边的路，左转。"我得先回家换件衣服。"万说，"我们等会儿要去一个密林公园,潮湿、冷又有泥,不能穿裙子。"

我们在放一首叫《在一个很冷很冷的夜晚》的歌,不停地播。我们哼着开头吉他的那几个很简单的音,不知道说什么。有时我和她在一块儿就会这样,有点紧张,找不到话题,又因为这样的尴尬而感到难过,但我喜欢在她旁边走。

"你激动吗?"她问我。

"还行,有点紧张。"

"快到了。"

我们走了大概半小时,到了那个密林公园,密尔沃基河穿过那里。我们来到一座桥旁,穿过打滑的下坡,钻到桥底。河好像没怎么动。桥底摞满了大块的石头,我们找了两块不那么硌的坐下。她把厚夹克脱了铺在我的石头上说你坐在这个上面吧,很软,坐着不难受。她的夹克还是带着那种香味。桥下不是那么冷了,但我还是有点发抖。

"我用了两个塑料袋包着,和苹果一起放进午餐袋里,装在书包里。还挺安全的。"她说。

她从包里拿出一个青苹果,一个牙签,还有一根断了的自动铅笔。她先把苹果的蒂拧松,再把上面挖空。她用牙签在苹果的表面戳了很多个眼,再把她那根断了的自动铅笔横着插进苹果,直到她猜测那头已经碰到了苹果核。这时她含着那根塑料铅笔管子,深吸一口气。空气还是不够流通,她说。她的手还是像往常那样抖。

最后她一层层打开包裹严密的塑料袋,把几撮绿色植物的干叶子放到苹果蒂空了的位置。她的打火机也是绿色的。空气太冷以至于她的手指僵硬,打了很多下才打着火。她颤抖着的手端着青苹果,朝管子里吸气。半透明的塑料管子里出现了些水珠。她看着我,向我吐烟并笑。

"你感觉到了什么吗?"她问。

"没有,只是困。你呢?"

"有那么点感觉了。"

我枕着她的腿躺着,闭着眼睛睡觉。

"放红辣椒的那首《在桥下》吧,挺符合现在的情景的。"她说。

"这里空无一人,在市中心的桥下,我依旧孤独。"

雨下得更大了,密尔沃基河面开始颤抖,移动,带动旁边绿色的植物。雨打在各处,除了我们身上。

"有时候我发现,如此接近的两个人居然同时会感到如此遥远。"

"我无法想象你不在的这个夏天是怎样的。"她说。她那半眯着盯着前方的眼睛看上去好像更蓝了,带着点灰色。

万毕业了

明早的飞机回国，今天中午一群人在湖边聚餐，庆祝期末考试的结束和夏天的正式来临。夏天总算到了，我整个秋天、冬天和春天都在期待的季节，然而我最近都没有怎么想起保罗了，这是好事。

我和万离开了众人，沿着密歇根湖边走。还是没有很多话说。码头上停着很多看上去像重叠在一起的白色的船，在太阳下眩晕。天上没有一片云。

万即将高中毕业，等夏天过后我再次回到这座城市时，我就不会再每天看到她坐在食堂垃圾桶旁的靠窗位置了。

"你知道为什么我的手一直抖吗？"她问我。

"因为从今年冬天起，我每天都要吃控制抑郁症的药片。这就是为什么我从那时起都没去上学，你问我，我也没回复过你。"她说。

我们翻过栏杆，下到真正的湖面的大石头上，不准人翻越的地方。我先跳下去，坐在一块大石头上，悬空着脚，下面是蓝绿色的水面。

"安妮，你就这样坐着，我能给你照张相吗？"她站在高处，还未爬下来。

我转头看着她笑。

"你面朝湖吧，这样看上去更神秘。"

我们躺在一块有点摇动的石头上，直视太阳，然后闭着眼睛，看到一片移动的红。我看到她侧躺时的耳朵和耳朵里面，闪亮并透明，有点红，随着她呼吸的节奏颜色稍微变化。

"这有点过于美好了。"她说。

我们不说话，就那样躺着，忘了时间过去多久。

她严重晒伤了脸。她说她又要长更多的雀斑了。

下午的毕业典礼，万看上去像在过圣诞节，那么红的脸加上绿色的毕业袍。她说这太尴尬了。礼堂里，毕业生按照姓氏顺序排队走向舞台时，我坐在角落的乐队里演奏着毕业进行曲。我得专注地看着谱子，所以无法用余光看到她什么时候走上台。

"杀了我吧，我恨这场合。"她给我发短信说。

典礼结束后，她脱下毕业袍，让我穿上并戴上她的帽子，对着学校的方向竖中指。

"总算可以逃离这可怕的高中生活了。"

毕业典礼结束后万邀请我去她家吃毕业蛋糕，她哥车开得很猛，严重超速。高速公路的风打在我脸上，一首金属版的《毕业进行曲》被万开到最大声，风也吹歪了她的毕业帽。她一直晃着头，外面的太阳开始隐没，在不远的地方，染红我们。我录了一个视频，记录了她这时很快乐的笑声，还有风。

我本应该今晚就收拾完回国的行李的，但是我拖到半夜睡着了。醒来时已经凌晨4点了，我开始收拾。吸尘，整理房间。之后我坐在桌前，开着台灯，外面好像还不是很亮。我给万写了一封信，大概意思是希望我们能一直保持联系，祝她在大学能找到有趣的人做朋友，不要太孤独。我写的时候一滴眼泪滴到了纸上。我不知道自己为什么这样，从保罗消失以后我就喜欢上了哭。哭给我一种很好的感觉。我在机场候机的时候给她拍了张这封信的照片，说可能你没法亲手接到我的信了，只能这么看了。

"我喜欢你。"犹豫半天后，我用中文给她发去了这条信息，关机。

我的飞机飞过密歇根湖，我们一块去过的某一个岸边，之后跨过太平洋。我猜她这会儿应该已经去谷歌翻译了那句话了吧，不知道她如何回复我。

"我爱你哦！一路顺风！"飞机降落后我开机，收到了她十分友好的信息。她可能以为我只是像关系一般的女性朋友那样互相说我爱你对她说的那句话吧。

回到家后,她给我发照片,穿着很女性化的一件黑色吊带,戴着一个花环,看上去很快乐,告诉我她遇到了个很有意思的男孩叫扎克,他们约了明天一起去密歇根湖游泳。

暑假带尼蔻回中国

1

尼蔻将和我一起回中国，待一个月，她在 6 月底自己飞回去。

我们从密尔沃基飞到芝加哥，在那里刚好和罗蕤琳会合，三个人一起飞香港。飞机上，我坐中间，尼蔻在窗边，罗蕤琳在走道边上。长途飞行时我从来没坐过中间位，睡觉和上厕所都很不方便，但现在不存在不好意思叫旁边睡着的人起来的问题了。

一路上，我没像通常那样一部接一部地看电影。睡觉，听歌，断断续续看完了贾木许拍的电影《帕特森》——一个写诗的小城公交车司机的一周。两边坐着的尼蔻和罗蕤琳让我感到很安全。

我们从密尔沃基起飞时尼蔻看着窗外蓝色的密歇根湖，现在她盯着窗外的太平洋，飞机看似在海上降落。

香港的空气潮湿，闷热。

"这真是一个奇妙的感觉，到处都是英文，不像中国，我知道我在亚洲，但实在不觉得我在中国。"尼蔻说。

晚上的维多利亚港人很多。对面岛上的灯光和楼融化进海里。她说这景色实在是令人惊讶。

我们路过重庆大厦时，我说进去走走，我妈说还是算了，危险吧。但我和尼蔻还是进去看了一圈。我告诉她在20世纪90年代一部很有名的中国电影《重庆森林》，故事就发生在这座大厦。

走在我们前方的东南亚肤色的人和另一个对面走来的人对了一个手势，碰了一下肩，然后继续各走各的。尼蔻看了我一眼。

"这感觉真可疑啊。"她说。

这座城市好像不需要睡眠，就像我们此时的生物钟一样。路过拐角时，一个文着花臂的光头白人看着我们走过，说："要钱吗？"尼蔻加快了脚步。"在这样的大城市估计会遇到很多奇怪的事情吧。"她说。

维多利亚港的晚上总有些街头艺人唱歌，他们抬头问前面几个停下脚步的路人想听什么歌。

"《加州旅馆》。"我喊。冬天傍晚一起回家的路上我和尼蔻总听这首歌，我们更喜欢听现场版的，在冻僵的威斯康星幻想加州的阳光。

他们开始唱，越来越多的人围观，这首歌太熟悉了。后面是黑色的海。

过了罗湖口岸，在深圳的地铁上，尼蔻的娱乐项目就是看那些标识上有语法错误的蹩脚英语。

"这更像中国了。感觉不太真实，我只觉得自己是真正在这儿的，周围的一切都是幻觉。"她说。

"我觉得一切都很真实且熟悉，而你在这儿对我来说好像是个幻觉。"我说。

吃晚饭时她第一次去蹲厕。我忘了告诉她蹲厕怎么上。她半天没出来。等到她好不容易出来后，她质问我为什么不早告诉她怎么上蹲厕。

回广州后，晚上去珠江边，鱼腥味比密歇根湖重很多。下班高峰时段的广州地铁，极近距离的身体接触。尼蔻一开始左躲右躲，并隔几秒说一个不好意思，让一让，不好意思。后来她好像就不说了，用劲地挤着希望能赶上一趟车。

我和尼蔻来到一栋高楼的天台，看暴雨来临前夹杂着雷鸣的闪电。这个季节多雨。闪电看上去好像有点延迟。暴雨淋在我们身上，热的，像洗澡。只不过沉重的雨点打在眼睛上还是有点不习惯，淋完后身上挺舒服的，好像也有一股鱼腥味。

淋雨后冲澡，躺在床上。保罗发来了一个视频，他的头像对我来说有点陌生了，自从去年12月的冬天后，我们没有再说话。视频里是他弹唱的一首叫《完美夏天》的歌，他这回穿着白色的衬衫，头发也剪成了短发，声音听上去很熟悉。这是他消失六个月后第一次和我说话。

"骚呢，兄弟，夏天快乐。"我回复他，就像中间没有隔着任何东西一样。"骚呢"是我们常互相用来夸人的一句新疆普通话。

他发来一个语音聊天邀请，我迟疑了一下点了接受。

"你的声音听上去还是那样，你一点儿也没有变，我觉得再次听到你的笑就好像我们之间没有隔着一个冬天一样。"他说。我不知道对我来说是不是真是这样。

2

还有一周就是中国的高考了。我带尼蔻回我就读的中学，以前教我语文的胡老师来门口接我们。以往回来看老师只用穿个旧校服就可以混进去，但这次因为尼蔻便混不进去了。

上午11点左右，学校还在上课。听说总爱惩罚我的初中班主任、教英语的吴老师被派到油印处复印卷子了，我给尼蔻讲过她，她说她想跟这位老师聊聊英美文学。我们路过油印室的时候看到了她——戴着手套，站在复印机前，拿着几沓卷子。到现在我看到她还是紧张得心跳加速。

"啊，这不是，回来了？"吴老师说。

"嗨，我是安妮的美国同学。听说你是她的英语老师，不知你喜欢哪个……"尼蔻凑前说。

"哦，嗨，很高兴认识你。"吴老师着急说着并把她往外推。

"这样吧,食堂快吃饭了,我这里有饭票,带你同学去吃一吃我们学校的饭。"她转头跟我说,递给我两张粉色的小条子。

我们一起合了照。去食堂的路上,我告诉尼蔻我仍旧感到很紧张,心跳无法平息到正常,可能以前导致的条件反射吧。

以前的初中同学现在还在这里上高中的,我只认识一两个了。他们在操场另一头挂满红色横幅的高三楼。我找到初中排球队时的搭档张艺的班,她还没下课。我透过装了防护网的窗户向里面看,大家坐在堆积如山的辅导书之间。我曾十分羡慕那些在面前摆很厚的一摞书的桌子,在那里面趴着很有安全感。

张艺以前打主攻,我二传。我传的球她总能扣得很不错。印象中她很高。这时看到她依旧在最后一排,戴着红框眼镜,脸上长了痘痘。她出来的时候看到了我,很紧地抱了我,她的生日刚过,在5月底。旁边有些人盯着我们,还有站在一边不知道该干什么的尼蔻。我好像有点想哭,奇怪的情绪。张艺已经一年多没有打球了,我现在和她一样高了。

食堂今天的小炒有鸡腿、牛排和排骨。吴老师给的饭票不够吃小炒的,张艺用校卡刷了我们的饭。

午休,我和尼蔻坐进了张艺的教室里,有空调。本来要趴着睡会儿的学生们都不睡了。有一个前排的女生主动跟尼蔻聊天,问她来自哪儿。她开始跟他们讲美国学校英语课的论文如何折磨人，美国申请大学的程序，等等。接着又聊到《哈利·波特》《蜘蛛侠》《星球大战》等电影系列。他们惊讶地发现尼蔻说她每天也睡不了几小时。

尼蔻在黑板上用连笔书法写了一首她会背的艾米莉·迪金森的诗："希望是鸟儿，在人们心灵栖居，唱着无词的歌，永无止息。……它歌唱在最寒冷的地方，最陌生的海洋。纵然身处绝境，也不索取分毫。"

3

尼蔻、我和我妈在开往乌鲁木齐的火车上，两天两夜。我和尼蔻睡中铺，当火车开始移动时，她盯着窗外。外面下着雨，绿色的山。

坐在走道边的椅子上，面对面。我们聊了聊上学期英语课里发生的事。我告诉她电影课我提前溜掉的那次，汤姆斯居然讲了他以前高中时做过同样的事。她一直听我讲新疆，乌鲁木齐，戈壁滩，沙漠，草原，还有好吃的，就像她以前带我去她小时候玩的游乐场一样，这回我也要带她去我童年待过的地方了。火车隔壁卧铺的两个小女孩被她们的家长硬推到我们面前说英语。

尼蔻总写日记，用很潦草的书法写，用除了她自己很少有人能辨别的字体。两个小女孩仔细看着她的字,其中一个盯着她的脸说:"你看上去好复杂。"然后跑走了。

夜里,熄灯后,两个男生在走道的座位聊天,尼蔻和我坐在床铺上。

"我觉得左边那个还挺帅的。"她说。她让我教她怎么用中文打招呼。

后来他们买了一箱啤酒。在火车上,尼蔻第一次喝酒。她让我帮忙添油加醋地翻译着协助她和那个左边的男生聊天。后来他开始聊房价、工作和当兵的故事,我失去了继续翻译的兴趣,她也不想听了。真有距离感,她说。她喝了一瓶啤酒后说有点晕,要睡觉了。

火车在黄昏的时候到了西宁,我们下车,空气干燥,冷。周围的山不再长满绿,在快落下的太阳下长满阴影。尼蔻低头写日记,好像把这些山都用铅笔画下来了。她问我这个地方叫什么,让我用拼音和汉字分别写在她的日记本上。火车这时晚点了三个多小时,我希望它在经过戈壁滩时是夕阳西下的时候。但入新疆的时候已是深夜,人们睡着了。我的头朝向窗户睡,帘子没拉好。我被月亮的光晒醒了。月亮这时是圆的,很低,在黑夜的戈壁上,随着火车的移动有点稍微变形,没有成型的固体。

快到吐鲁番的时候是日出,5点多快6点了。我把尼蔻叫了起来，看太阳。她好像压根不如我这样激动，看了一下就爬回去睡了。我知道我现在已经在我最喜欢的一片土地上了，而我将要再次和保罗呼吸着同一座城市的空气。我在听一首《思疆曲》，有点脏的车窗上我半透明的脸在晃动。

4

我知道对我来说真正的夏天到了。乌鲁木齐很凉快，风带着干燥的灰尘包裹我。我和尼蔻刚出火车站时，两位武警朝我们走来，问我们要身份证扫描。尼蔻给他看了她的驾照。

"安妮，要不，你教我怎么用中文说'我是美国人'吧，以免我在这遇到什么情况被误解了。"她在车上跟我说。

"老地方见你吗？"保罗问我，熟悉的方式，就像他失忆了六个月一样。

他在我姥姥家巷子口，那个他常等我的椅子上，踩着滑板坐下。今天还是有点冷，我穿了长袖和长裤。因为早上刚下的火车，而热水在平时早上10点之后和晚上8点之前是停的，所以我没洗澡，就编了个辫子。我给尼蔻提起过许多次保罗，他也听我讲过很多尼蔻的事。保罗看见我笑了笑，说"嘿"，然后转向尼蔻，用英语问她你好吗。我们朝以前经常散步的大学校园走，保罗开始用断断续续的英语问尼蔻喜欢听什么音乐，以维持对话。我走在他们前面，不知道该说什么。

"啊，约翰·列侬？不喜欢？皇后乐队？哦，你喜欢这种老派的啊。那金属乐你喜欢吗？金属乐队，对。那枪花的 *Don't Cry* 在美国烂大街了吧，没听过吗？好吧。金属乐队，当然。"他开始哼一些调子，尼蔻点点头。

现在大学校园或者任何院子都有了门禁，必须一人刷一卡才能进门，我们没法进去。

"带她去看看红山吧。"保罗说。

红山山顶风更大，吹瘪我的眼皮。保罗还断断续续说着一些句子，尼蔻礼貌地笑，点头，像她听懂了一样。

"来，击个掌！"每次他不知道说什么的时候就伸手跟她击个掌，然后笑。

我靠在山顶红山塔边的防护栏上，脸贴在上面。保罗拿出手机，再次放了他唱的那首歌，我闭上眼睛继续靠着，背朝他，不知道说什么。这时下了小雨，但很快就停了。

下山后尼蔻说她得去上个厕所，可能要拉肚子。我们把她带到一个公厕，她进去了一会儿又跑了出来。我问她怎么了，她说公厕要交钱。

"就一块钱啊，我给你交，你去上呗。"

"不，我不上了，这么脏的厕所还要收我钱，我不上了，忍着。"

5

我老早以前就跟尼蔻讲过乌鲁木齐的南城北城，她说想去维吾尔族集聚的南城看看。

黄昏前的二道桥，几只鸽子从大巴扎的圆顶上飞起，太阳强烈的光变成一个紫色的光圈，映在前面走着的人的后背。几个维吾尔族年轻男孩路过我们时用英语说了什么关于"美国妞"的一句话，看着尼蔻笑。尼蔻问我他们说了什么，我说没听清。

"我们各民族团结得要像石榴籽一样紧紧地抱在一起。"这个红色的标语牌很大，在大巴扎的正门摆着。

尼蔻盯着摆满了各种各样的馕的摊子，我给她意思性地戴上了维吾尔族的帽子照了张相。

我们路过一家民族乐器店时，一个维吾尔族老人正在弹一件颈很长的木质乐器，眯着眼睛，现在正是封斋期，而太阳还没落山。保罗拿起架子上挂的一把吉他，和一个维吾尔族老人一起弹了首较快的曲子，有点像弗洛明戈舞曲。我给他们录了一段，以后还可以听。老人的孙女拿起一个手鼓，给他们配节奏。她跟我说她现在五年级了,喜欢英语,会六种乐器,想考音乐学院。

"你很帅,在维吾尔语里就是,散拜克,克里史堪。你很丑,就是散拜克塞特。"她教我们。

他们得打烊了,周围店铺的主人都下班回家了。我们和他们一块走出大巴扎,太阳这时还很明亮,移动到了更低的前方,只是天有点开始发深蓝了。这时晚上 9 点 30 左右,我告诉尼蔻日落这么晚是我喜欢这里的很重要的原因之一。

"乌鲁木齐的南城,那里的牌子看上去都是阿拉伯文,有时我真的忘了我在中国。"我告诉她我也是。

和尼蔻一起走在回家的路上,天快完全黑了,从远处能看到姥姥家院子里的楼分散的窗户的灯。这让我有安全感,像儿时在外面疯玩到天黑时回家的感觉一样。

雅玛里克山的再会

我妈不让我见保罗,她觉得他会把我带坏。每天我和尼蔻被锁在家里,只能找这样那样的借口出门见他。

"记得我们去年夏天埋下的吃的吗?我们去挖出来吧。"晚上9点,保罗给我发了一条微信。

"现在?晚上?我家人肯定不让我出去。"我有点吃惊。

"溜出来,我带个毯子,我们到山上生个火,看星星什么的。"

"我觉得我们太疯狂了。"我从来没有半夜溜出家门过。

我问了姥姥她每天几点起床念经,她说五点半。我提前把姥爷锁了的门打开,洗了澡,跟尼蔻说我得早点睡,困。我穿着睡衣躺下,慢慢等待时机。

00:03。

"你准备行动了没?你觉得时机到了,给我发个微信,我打个的过去等你。"

"还没有!我太紧张了,你耐心点。"我感觉我妈还没有睡着。

00:33。

"我觉得你可以行动了。"我躺在被窝里给保罗发微信。旁边的尼蔻看上去已经睡着了。

"好，一根烟就出发。"十分钟后他跟我说他到了。

我屏住呼吸，穿着袜子走出卧室门，穿过客厅，来到门前，我很担心门被推开时会叫，于是我咬着牙一点点地开。任何一点声音都让我过度紧张。我拎着鞋子光脚爬着出了门，把门留了一个缝，用了点纸巾堵住，这样我回来的时候门不至于关着，只是看上去是关着的。

出了楼道后夏夜凉爽的空气进入我的肺，自由闻上去就是这样的。我没戴眼镜，出了院子门后我没看到保罗，有点慌。我隐约看到马路对面一点火星，并听到有人咳嗽了一声。那是他的声音。

我跑着奔到马路对面抱住他。

"你那么久不出来我还以为你被抓了呢。"知道他在这里等我的感觉真好。他还穿了去年的那件黑色的T恤和格子衬衫，我穿了第一次遇见他时穿的蓝绿色套头衫，因为我觉得晚上可能会冷。

我们并排走在路灯照不到的街上。我们这回还打算从去年去时的后门上山，但这个公园晚上8点就关门了，门口守着保安。这回可能白来一趟了，但保罗拉着我从保安亭后面翻了进去，没有被叫住。

上山的公路平坦，天太黑了以至于我觉得我的眼睛是闭着的。周围什么都没有,只有他,和他搂着我的呼吸。我们走进无尽的黑暗,一直往上。这时刻,我好像真的感觉不到隔着我们的冬天了。

我们来到去年生火的山顶石板上,比我想象得要好找。那个山顶上莫名其妙的孤独的白色铁皮屋子还在,窗户都没了。保罗打开手电筒,用我们隔了一年的记忆找到当初埋下的一袋瓜子的大概位置,居然把那包瓜子的包装给挖出来了,但里面已经没有瓜子了。

我们用几张纸生了火,但火很快就灭了。我们也就让它灭了。把毯子铺在石板上。星星挺多的。

"保罗,我问你个问题。"

"你说。"

"你想过我吗,我走的这一年。"

"想过。"

"什么时候呢?"

"没有和你视频的时候。"

我心想,那你消失的整个冬天和春天呢?

"你知道我最喜欢的颜色就是深绿色,你一直戴的这个墨玉十字架的颜色。每次我看到绿色都会感到很舒服。"他说。

"我感觉你是绿色的。"他又说,并干燥而冰冷地吻了我。

有点起风了，我能听到风的声音，在我背后。他说他得尿个尿，于是背对着我走到山崖边，对着乌鲁木齐城市的灯光撒了泡尿。

我问他："你喜欢我吗？"

他说喜欢，并点了一根烟，跪着递到躺着的我的嘴边。

我们用力拥抱，好像变成了风吹得动的东西。我得在日出前赶回家。

我们蹦跳着手拉手走在下山的公路上，震得他想拉肚子。快下到山底的时候，我看到有一个老太太已经开始晨练了，倒着走路拍手，在漆黑的上山公路上。我路过她时故意没看她，她可能也惊讶地看着我们吧。

我溜回家时发现还没人起床，回到卧室，尼蔻睡得挺熟。我跟保罗发了一句"平安到达"后开始睡觉。

大街上

今天早上我很早就起床了,听到姥姥在厨房里的炒菜声。尼蔻背对着我还在睡,穿着红色的睡衣。

昨天我几乎呻吟了一夜,头晕呕吐,因为昨天下午去农家乐和尼蔻比着吃烤肉和大盘鸡,不小心吃过头,又骑了两个小时马。我胃里的东西都被颠了出来。每隔半小时我便吐一次,尼蔻躺在我旁边实在受不了我的噪声,用枕头捂住了自己的耳朵。晚上保罗给我发了好几条微信,问我是否还好。他这么关心我,我的感觉真好。

姥姥给我做了西红柿疙瘩汤。这是我以前每次在姥姥家病了的时候都吃的,我妈做的味道不太一样。如果我在我妈身边生病的话,她一般给我熬白粥就咸菜。我在美国病了的话,吃一片止痛药,用冰箱里的冷水冲下去,然后自己爬回床上睡觉。

"昨晚我吐了一夜,今天可能出不去了。"我告诉保罗。

他发来一个视频邀请。他的深蓝色头像,让我想起去年秋天和冬天他消失前每个周末和我不分日夜视频的日子。就算现在我们离得那么近,也好像挺远的。

但丁的《神曲》我从年初开始看的，现在看到《炼狱篇》的第十三歌。我发现我小姨的书柜上刚好有一本《神曲·炼狱篇》。

"你给我读《神曲》吧，想听你读书。"保罗在视频那边说。我偷偷去了姥姥阳台的小祈祷室，因为我不能让我妈发现我在跟他视频。以前他睡不着的时候我也会给他读，有时候会用英语读书，有时候讲故事，但我没有什么故事可以讲。我大多都只给他讲我小时候从《格林童话》里看来的故事。他说我的声音催眠，让他想起一个叫《朗读者》的电影。男孩给不识字的女人每天读书，我没有看过那部电影。

读完了三歌后我感到好多了，我听到鸟的声音，意识到现在才十点半不到，早晨让我心情好。

"一块儿滑滑板吗，跟我今天？"保罗总喜欢这样把句子翻个顺序说话。

他还是在那个十字路口马路对面的长椅上坐着等我。

"你把前脚往后一点，在板面前两个钉子的后面。"他跟我说。

他背着绿色的书包，还是那件黑T恤，滑在我前面。太阳开始有点大了。我们穿过西大桥，有些行人转过头用异样的眼神看我们。去年夏天我们走在这座桥上的那次是下着小雨的晚上，他拉着闭着眼睛的我走了十六站路。我把整个身体的重量靠在他身上，他也靠在我身上走。路人向我们投来奇异的目光，看上去像两个喝醉的人。

"我想知道为什么每次和你走在街上,都会有人用异样的眼光看我们。我自己一个人的时候没有任何回头率。"我在一个红绿灯前他停下来时说。

"我也是啊,只是跟你在一起的时候会被人看。我挺享受和你一起被人鄙视的。他们估计想的是为撒(啥)这两人大周一早上在街上这么闲,嫉妒我们呢。"

我从这个角度,能看到大楼之间的天山的一角。这让我莫名地兴奋,可能因为从我小时候卧室的窗户里总能看到天山的一角吧。

下午三四点,别人的午睡时间,是我一天中最喜欢的时候。保罗和我坐在他家院子的石桌子上休息,夏天中密集的淡绿树叶的阴影像白天的星星。他坐在我旁边点燃一根烟。

"哎,你现在还抽烟呢?去年你不还说什么都不抽嘛。"

我闻到烟味就联想到乌鲁木齐干燥的夏天,想到他,虽然这听上去像发春的十四岁女生的日记。但条件反射是最普遍的心理学现象。

我看到保罗左手的手背布满了蓝绿色的血管。

我们上楼,去他家喝水。他拉上红色丝绒厚帘子,房间变得暗红。他拿起吉他,递给我一把他妹妹现在正在学的小提琴。

"记得我们以前视频的时候,我特喜欢听你拉《教父》的主题曲,你拉一下,我给你配背景。"他说。

我希望这个下午不要过去。

"我给你听一首歌,叫《遥远的你和你》。"拉完一曲主题曲后我们躺在沙发上。

> 我已经不相信
>
> 这季节里还有爱情
>
> 但是遥远的你和你
>
> 总在一起

> 我已经不相信
>
> 这城市里还有爱情
>
> 但是遥远的你和你
>
> 总在一起

> 我已经远远地去
>
> 离开这里的风景
>
> 但是遥远的你和你
>
> 总在一起

听这歌的时候我觉得有点假，有点不合时宜吧，现在是夏天啊，我在乌鲁木齐，我躺在他旁边。不过每次过于美好的事情发生的时候，我都有种预感我将来会为此悲伤。

今天和保罗在外面待了一天，有点对不起尼蔻和我从小最好的朋友佳瑜，因为我拜托她带尼蔻去玩一天，这样我妈就会以为我和尼蔻出去玩了，因为她坚决不让我跟保罗出去玩。

离开乌鲁木齐

明天，6月20日5点，我和尼蔻搭乘飞机到西安，看一天兵马俑后回广州。不知道为什么，离别总在20日，我去年是7月20日离开的乌鲁木齐，8月20日离开的中国。

6月19日，保罗问我晚上能不能再溜出来一会，跟他告别一下。晚上9点多，天还没有黑的时候我就洗了澡，跟我姥爷在院子里溜达了一圈，看他耍了会儿剑。我和他坐在凉亭下，和一堆老太太一起乘凉。我觉得今年回乌鲁木齐没有怎么陪我姥姥姥爷，我姥爷在我小的时候总会偷偷买我妈不让我吃的零食，放学接我，他还给我买很多漂亮的笔。我也经常跟着他兜圈，看他踢腿，每天早上锻炼，舞剑，练气功。

晚上10点30分左右，我姥姥已经准备睡觉了，我有点吃惊我妈跪在祈祷室里。我只希望她早点睡觉，我好行动。我这次打算告诉尼蔻我的夜晚计划。她担忧地答应帮我。我舅舅今天也来姥姥家住，他睡沙发，也就是说溜出家门得经过他这道最难的关，因为他很容易被惊醒，我表弟说这是因为他爸没有什么安全感，多年怀疑我舅妈而落下的习惯。

12 点 11 分，保罗跟我说他已经出发来我这儿了。他说今夜我们就坐在院子里葡萄藤下的长椅上说说话吧。

我有种感觉我舅舅并没有睡熟，我穿上袜子，努力让自己急促的呼吸不要太大声。我跟尼蔻计划好，我和她同时出卧室门，制造出只有她一个人出门的假象，她尽量大声走路，我轻声，她去厨房倒水，就像正常晚上起夜一样，不会让人产生怀疑。同时我趁着她声音的掩护弯腰走到门前，鞋柜会挡着我，我得趁她倒水制造噪声的期间打开门，出门。

一切按计划进行。我出了单元门后深吸了一口最后一晚夏夜的空气，刚割过的草的味道。我看到保罗坐在长椅上的背影。

我跑过去摸了摸他的头，刚洗过，很滑。他说他的大牙从昨天开始突然疼起来了，但见我后像一只小白猫一样蹭蹭我的脸后便不那么疼了。

"如果你不介意的话，我一直戴的这块玉你戴吧。以后想我的时候，就摸摸它。"他把他脖子上的项链取了下来，戴到我脖子上。

我觉得不太好意思，这是他一直戴的东西，而且太贵重了，再说我脖子上戴两块重的玉也不太舒服吧。于是我把我一直戴的墨玉十字架项链也戴到他脖子上了。希望我走了之后他能想起我吧。

沉睡的院子很安静，我们坐在椅子上，没有说话。这时一颗没熟透的绿葡萄从葡萄藤上掉在了地上，有点响。我想到我今年十七岁，十七岁真好。

突然，我好像听到有人从远处叫我的名字，夏妮，带着口音，听上去像我姥爷的声音。我惊恐地站起来，往我姥姥那栋楼看，我看到有一扇窗户亮了，但是数了半天看不清是三楼还是二楼。我仿佛听到有人不停地喊我，有人打架和争吵。

我感觉我完了，打开手机给尼蔻发微信，问她一切还正常吗。我希望她别睡着，但假若真的有事的话她肯定醒了。过了几分钟后她回复：正常啊，怎么了？

我和保罗走进一个没有锁门的老年游艺室，他们每天打麻将、看报纸的地方，充满了潮湿生锈的味道，还挺好闻的。

"你们在美国是怎么跳那种舞的，我们跳一下。"他说。今晚月亮很圆，月光从长满灰的玻璃窗投进这个黑暗的房间。

我打开手机开始放德彪西的《月光》。我们缓慢地移动。

"保罗，我快走了，我想说，我不在的日子里，你遇见善良有趣，你喜欢的女孩的话，别让她走。"我说。

三点半，我得回去了，他们快起床了。保罗不像往常一样只送我到楼前，他说这回陪我一起上楼梯，看着我进门。我感觉这有点尴尬吧，他看着我像狗一样爬回家也不像听上去那么浪漫。

我跟他告别，站在楼梯上抱了他最后一次。

去机场的路上，天还没有亮，尼蔻转过头跟我说她真喜欢这种天不亮时离开一个地方的感觉，我没回答她。

耳机里我放着他给我听的那首《遥远的你和你》，"我已经远远地去，离开这里的风景……"。我突然想起，我们今年在雅玛里克山上忘了埋下什么纪念品等着明年夏天再挖。

SAT 补习开始

尼蔻和我回到潮湿闷热的 6 月底的广州。我们每天窝在空调屋里,我常在手机上跟保罗偷偷视频,以至于我爸晚上睡觉时会关掉家里的 WiFi,这让人痛苦。

尼蔻离开前,我带她去了一次花鸟虫鱼宠物市场,还有海鲜市场。我们走在潮湿的街上,看到有一家店店主正在活杀一只鳄鱼,一刀刀朝它坚硬的皮砍下去,有一刀下得太狠,鳄鱼血溅得有点远,溅到我的凉鞋和膝盖上,也溅到尼蔻的腿上。

今天我送尼蔻去机场,她在这里的一个月过得挺快的。我对她有点内疚,因为我在和中国朋友玩的时候,她都没法交流,只戴着耳机听歌,有时候走在我们后面。她同时当了挺久的电灯泡。我跟她在国际登机口前道别,两个月后再见。三年前我就是在这个登机口和我爸妈道别的。在国际登机口前不用离开的感觉真好——暂时不用离开。

回家的路上,我在读一本《唐宋词选》,看到一首诗,莫名感动,居然在地铁里哭了,有几个人奇怪地看着我。低头看手机的众人中，我拿着一本旧的发黄的我爸二十多岁时买的书流泪。

"记得那年花下，深夜，初识谢娘时。水堂西面画帘垂，携手暗相期。惆怅晓莺残月，相别。从此隔音尘。如今俱是异乡人，相见更无因。"

我回到家后，我妈便宣布我的快乐疯玩暑假时光正式结束。我得开始准备8月的SAT考试。3月时我考的分数比较一般，我得再考一次，把分提上去。我一直对耶鲁大学有种过于美好的向往，我只有硬性条件优秀才稍微有点资格申请。

第二天，我就开始在一个菲律宾人开的补习学校补习。三年半前我就是在那儿补的托福，当时我还有点讽刺地说，怎么那些美国留学回来的高中生还需要在这里补美国高考，我现在就是自己曾经讽刺的一类人。我的标准化考试总是上不去，这让我费解，因为我的SAT分数和我在学校里的学习状态不太符合。

每天下午3点我去上课，穿过一个天桥就到了，我想方设法绕个远一点的路，这样能多听一会儿歌，多在路上发发呆。我记得学托福的时候也是这样，当时脑子里幻想的都是美国的高中生活如何美好，让人兴奋，和美国男孩的一段浪漫的爱情之类的。现在想想这跟现实差得太远了，如今的我在幻想自己被"女神校"录取后逃离美国中部的生活是怎样的。

每天下课后保罗都会和我视频一会儿。他有时会在外面滑滑板的路上,给我看街上的人,有时候一个人坐在院子里乘凉。我会稍微晚一点回家,但不能太晚,因为我爸妈会怀疑我没有好好学习。我会去家附近的一个小公园坐着和他聊几句天,并被蚊子叮肿穿着短裤的两条腿。

每天早上起床,我就坐在桌前被逼着背单词,做阅读题。每次错误率还是一样高。我有时候就坐着发呆,等着吃饭。

我能和保罗视频的机会越来越少,因为我爸时刻都在看着我。

"能不能视频一会?"他今晚问我。

"不行啊,我爸在那头监视我学习呢。"

"那我们不说话,就开着摄像头,我就想看看你,你专心学习。"

半夜,保罗把手机放在他的滑板上,约了一两个朋友刷街。他们很好奇为什么他那么浪费流量,他说他得带着我,想让我和他一起在夜晚穿梭。我在广州的床上蒙着被子,担心我妈突然起床查我的手机。他的手机突然没电了,我的手机也发着烫,像儿时发烧的额头。

汤姆斯之死

8月8日早上,左眼总是比右眼后睡醒,我打开微信。

"安妮,一个坏消息。"尼蔻发的。我问她什么消息,她说她不知道怎么说,给我转发了学校发来的邮件。

汤姆斯死了,美国的7日这天,还没过他三十九岁的生日。暑假之前最后一天的电影课上他看上去很兴奋,比平时任何时候都开心。

"这是你这学期的最后一天,对我来说也是啊,我当然更高兴。"他说。

"暑假的话,我去徒步,再去华盛顿我父母家,他们要搬家,我和我弟都去帮忙。其他没什么大计划。"我问他暑假打算干什么,他回答说。

"祝你夏天快乐,回来见。"

我们学校给家长的信里写道:"汤姆斯先生过世了,我们为他祈祷。"美国许多新闻媒体都在报道他的死,而新闻标题大多是:"威斯康星州老师和学生发生不正当关系,尸体被发现。"

他用匕首捅了自己几刀,自杀身亡,在他的浴缸里,灌满了水。

他和妻子安娜是今年年初决定离婚的,在 7 月时办手续。她也在 7 月底告诉我们学校,在 2009 年当她依旧是汤姆斯的学生时和他有了恋情,而这违反了禁止师生恋的法律。学校报了警,汤姆斯被逮捕并照了相,各个新闻用的都是那张警方公布的照片。照片里他的胡子很长,没戴眼镜,眼睛是暗淡的绿,皱着眉头。

"我从来没在他的眼睛里看到过如此的悲伤。"尼蔻说。

想到被血染红的浴缸,我突然想起我常和他开关于"我要喝你的血"的玩笑,这是上学期我们课上每个人都知道的"梗",泰勒还把一个输血袋画到黑板上。这听上去很哥特,汤姆斯喜欢哥特的东西,爱伦·坡以及乌鸦。他总给我们读他最喜欢的爱伦·坡的那首诗,乌鸦在暴雨的午夜敲开房门,重复着:"永不再。"

上学期有一次我无意间发现汤姆斯用笔名开的博客,他写他如何恨他的工作,面对傻×的学生,还得批改他们的傻×论文。他真正想做的是当一个写小说的作家,像史蒂芬·金那样能卖很多书的作家。

"我以后要在纽约的长岛买一栋很大的别墅。我有很多故事,只是它们还没有被写出来。我想当一个作家,我并不想教一堆无聊的高中生如何正确地使用标点符号。"

他同时写到他如何在十五分钟内接到出版社和杂志社三家的退稿信。

"在我家，专门有一个盒子用来放我收到的退稿信，满满一盒子，我在那盒子上贴了一个纸条：杰出之作。"

这天很漫长，外面的天从浅蓝到深蓝到紫，就是不黑。我站在阳台上盯着流动的高速公路，感觉他没有死。尼蔻跟我说她睡不着觉，她也觉得汤姆斯没有死，只是辞职去当作家了。

汤姆斯的葬礼将在8月15日举行，这一天是尼蔻十八岁的生日，她那时也不会在密尔沃基，而我在中国。小时候我常想人死了之后是不是能知道活着的人在干什么，心里在想什么，如果真是这样的话，那汤姆斯估计就会知道这几天任何事情都能让我想到他。

晚上，我面对着墙躺下，感到背后很凉。我只要闭上眼睛，就能想象出装满血的浴缸，汤姆斯的脸。他是我最喜欢的老师，我还记得高二上他的高级美国文学课时，他给我的一篇九页的关于"1890—1920现实主义文学和美国梦的关系"的调查论文写的唯一一句评语："你的思想水平超乎群人。"他总鼓励我，语法并不是写作最重要的东西，不要让语法的小错误带走了你的自信，你有想法，你有独特的想法，然而这就足够了。那篇论文原版我一直留着。

我还很期待高四上他的电影课，他教会了我怎么写有质量的论文，怎样写剧本、拍视频、剪辑，以及做自己。我真希望开学路过他的教室时，我能看到他那老样子的乱桌子，带着烟味的皮夹克挂在椅背上。

今夜月亮是圆的。

夏天的结束

我听说今晚一点半左右有半月食,我打算熬晚一点看看。月亮总让我感到好奇。有时候月光能亮到如果直视的话眼睛会很不舒服的程度。人们总说为了不被太阳晒伤,出门得涂防晒霜。"月亮能晒伤人吗?"有时候我想。

"我听说今晚一点半左右有半月食。"我跟保罗发信息。最近他回我回得不是那么快了,有时也只是一个两秒的语音,或者"哈哈哈"。我总感到有点奇怪。

保罗没回复我。我睡不大着,总想到汤姆斯老师。

翻朋友圈的时候,我看到保罗的朋友发了一张图片——保罗和一个短发女生拉手躺在我们俩躺过的那个黄色毯子上,就在他家的楼顶。他们在看月亮,他们喝醉了。

我感到有点眩晕,同时开始反胃,手脚发凉。我跑到厕所蹲在马桶前,以防万一我吐出来。我没有吐出来,只是干呕了几下。

我把保罗从好友名单删除,拉进了黑名单。是时候结束他对我长久的影响了。我想好好复习,我想去远的地方,想去很好的学校,想学习很多知识。

相册里和保罗的合影、视频我没有删除，我也不知道为什么。我翻来覆去睡不着，重复听一首叫《爱将我们撕裂》的歌。我想到，之前我和他躺在下午的暗红房间时想到的太美好的东西以及让我恐惧的事情。我知道夏天结束了。

每天下午我照样去补习机构上课。他们那的老师的英语说得都不太标准，让我头疼。我把自己房间的门关上，坐在桌前发呆。我的SAT的阅读、语法和数学书很重，我想睡觉。

"夏妮，我怎么觉得你最近不像以前那样高兴了，你都不笑了。你这是怎么回事？"我爸今天吃晚饭时问我。我觉得纳闷，他这都能看出来。

8月20日，再一次在香港和我爸妈告别。晚上我们在维多利亚港散步，看到很多游客在照相，海另一头的灯光挺好看的。这里的空气闷热，闻上去忧郁。

早上6点多我们就到机场了，出门时天还没有亮。我们坐在面朝落地窗的椅子上，没有多少人。我吃了几块饼干，但是我不饿；我喝了两盒柠檬茶，但是我也不渴。时间快到了，我走上国际通道安检的队伍，没法控制住眼泪。我觉得很纳闷，十四岁上高一时，我第一次离开家在广州机场的国际登机口和爸妈再见时没有哭，高二也没有。按理来说越大越不会哭，我也不知道为什么我现在这样。我转头好几次跟他们挥手，直到看不到他们为止。

我松了一口气,现在觉得我是一个人了,莫名感到了一种力量。之后我打开微信跟爸妈说我已经登机了,到了说。对于故乡和离别,好像只聚集在安检前短暂的几分钟。飞机飞起来的时候我又看到海了,我决定睡觉。

高四

高四回校报到

像往年一样,我错过了开学报到,于是下飞机的第二天尼蔻便陪我去学校和高一新生一起拿书。

8月底威斯康星的太阳很亮,我开着车窗,尼蔻开始放《加州旅馆》,让我想到上次见她还是在中国,我们一起听这首歌还是在香港维多利亚港的路边。这真是一种神奇的感觉。

推开学校的大门,一股熟悉的味道,像老年人袖口的味,又像旧了过期的创可贴的味儿。大家都说这是天主教高中特有的味道,这是个抽象的概念,我也不知道为什么他们这么说。

我到图书馆领了高四的课本,走上二楼,左转。前面就是汤姆斯老师原来的办公室。他的门前堆积了一堆黑色的垃圾袋,那都是清洁工收拾出来的。一位新老师来接他的班。我和尼蔻在垃圾袋旁停下,翻开那些袋子,里面有很多过去学生交的论文,装着教案的文件夹,还有些没用过的画图纸。

"这是什么?"尼蔻问,她拿着一个旧鞋盒,有点重。

打开盒子,那是一个老的手风琴。

"这应该是汤姆斯老师的吧,这是他房间里收拾出来的。他们马上就要把这些都扔了。"我说。

"我们把这个偷偷拿回家,当作对他的留念?"尼蔻问。我有点吃惊,因为她从来都不是干这种事的人。

尼蔻看周围没人经过,便把它装进了书包。

我很好奇新来的老师是怎样的。不过我知道不管这个新老师怎么样,汤姆斯无论如何都是无法代替的,他是第一个教我哲学的老师,第一个能欣赏我的想法的老师。我探了个头,他曾经的办公室的座位摆得很整齐,一切都很整齐,有点陌生。一个红发、有点胖、脸发红的中年白人女性坐在他的桌子前。

"老师好,我是安妮,我下学期上媒体 II 这门课,听说你教,所以过来打声招呼。"我说。

"嗨,你好。我真高兴,欢迎欢迎。你几年级的?"她挤出过于夸张的笑容,脸看上去更红,肉堆积在一起。

"高四。"我说。在我跟她说话的时候,尼蔻四处打量这个教室,这里被她贴满了花花绿绿的海报。她可能想通过这些装饰带走人们对汤姆斯的记忆吧。

"我还是感觉汤姆斯没死。他好像一直都还在。"出来的路上我跟尼蔻说。

"想去密歇根湖边转转吗?"尼蔻问我。

我们来到暑假前我们在湖边野餐的地方,湖在太阳下像没有信号的老电视机屏幕，碎了的扎人的玻璃片。我翻墙下到我和万夏天前躺过的那块石头上，脱了凉拖，把脚放进水里，有点冰。我已经好久没跟万说话了，不过最近看她挺高兴的，上大学了，男友也挺酷。

　　我的脸被太阳晒得有点痒，在这个地方的最后一年就要开始了。开学第一周的周六我就要去考我准备了一夏天的SAT了，希望我能考高一点分数，超过我3月份考的那次。

SAT 的折磨

重要的考试貌似总发生在周六。四年前我考托福时是 3 月 15 日，也是一个周六，天挺蓝的。我的美国同学一般都只考 ACT，虽然它的阅读简单一点，但它给的时间太少了，所以我考 SAT。

像之前的三次考试那样，我把削好的 2B 铅笔、护照、准考证、水、一点零食以及计算器放进我的包里。记得 1 月份的考试我忘带计算器了，所以数学部分都是用笔算的，花了不少时间，但还挺感恩从小锻炼的笔算能力。

"安妮你记得带准考证、护照和计算器！记住了！"罗蕤琳周五晚上给我发微信。

她上次考得比我高很多，但她还是不满意，所以这次再考，考到满意为止。明天她和中国学生公寓的另外一个高四女生跟我都在一个地方考，这次 8 月底的考场位置有点紧，所以我们订的位置是挺远的一所学校。

"安妮，我估计得自己打的去考场了，公寓的人本来说好了今天送我们去，结果他们说我没提前说，我早就说了。"罗蕤琳周六早上 6 点左右给我打电话。

我决定问问瓦格纳太太能不能顺便把她们俩也一起送到考场去。

"真的太感谢了,真的算我欠你啊安妮!"罗蘶琳说。

早晨的空气有点冷,路上没什么人。到考场后,门还没开,门前站满了中国学生,还有他们的家长。

我的手心发冷,这次一定要考好,不然我还得再考,时间也不多了,快要申请大学了,分数提不上去可能有点悬。我突然感到后怕,想到夏天我坐在书桌前发的那些呆,想到保罗,还有他浪费和让我分心的那些时间。我想要去远方,离开这个地方。

一个考场里,只有两三个美国学生。做阅读题时我无法完全集中注意力,时间过得太快,最后一篇阅读没时间做,只好瞎猜一下。做数学时我能感到周围的中国人翻页的速度,还有铅笔涂卡的声音。

"我感觉坐在我走道旁边的人一直在偷瞄我的试卷。"中途休息时罗蘶琳跟我说。

考完后我觉得考得还行,应该比上次好吧。我不知道自己这么想是安慰自己,还是真的考得还行,我已经分不清了。

出了考场后,我问罗蘶琳和另外一个女生考得如何,罗蘶琳说还好吧。另一个女生考完后把成绩取消了,因为她知道自己肯定考砸了。罗蘶琳总说"还好吧",所以我也不知道她考得如何。

"我在外面等你们考试的时候,跟一个中国家长聊了一下,她英语不太好。不过她说她带着儿子在这考场旁边订了宾馆,他们一周前从中国飞过来,先倒时差,再考试。我吓了一大跳,我没有见过周围的孩子这么重视SAT考试的。"瓦格纳太太在接我们回去的路上说。

写文书

之前一直听人说高四会很轻松,但事实完全相反。

8月的SAT考试成绩出来了,我比3月那次考得还低五十分,跟我想得差得有点远。罗蕤琳考到了她历史上的最高分,可以申请很好的学校的分。10月份我又订了一次考试。那次考试我阅读题完全砸了,数学也感觉很不好,所以没考完我就铁定了心取消成绩,于是论文部分我用中文写了一首诗。我现在最高的分数还只是3月份考的那次,但那分数也比较一般。我妈不停地跟我说,我把暑假的时间都浪费了,我毁掉了自己的未来。难过之余,我总有种感觉,美国大学不重视分数,我是独特的,他们会发现的。

我得开始申请大学了。早申请的学校截止日期是11月1日。我从小对美国申请大学的系统的印象都是,分数不是最重要的,它看你有没有思想和做不做志愿者。这也是各个大学的网页上一直强调的,所以我知道我得把各种文书写好。

这周三早上,全校晚上学日,9点才上课。平时每两周学校晚上学一次。但从9月开始,晚上学的周三,高四学生得去上一个文书写作的课。

大家无精打采地坐在教室里，拿着大杯的冰咖啡等文书课老师的到来。她是一个金发、长满皱纹的中年女人，拎了个白色的皮包，端着一杯咖啡。

"大家好，我是贝蒂老师，从现在开始我周三会过来为你们写文书做准备。"她给我们发了一张写着今年七个文书题目的纸：你有没有受挫的经历，如何走出来的；谁对你影响最大；你有没有废寝忘食地学一种东西；为什么；你有没有什么爱好；如何区分你与他人；还有一题是自由发挥。

"你得知道，那些大学招生官每天读多少文书，你要把自己跟其他人区分开。这个所有学校都要求的大文书里，你得在650字内讲一个最能体现你个性的故事，不要俗套，但同时你得知道他们想看什么。"她说。这听上去就像初中时语文课要写的有明确中心思想却表面看似深刻又新颖的作文。

"同时还有很多学校会有自己单独的文书题目，比如哈佛、耶鲁那种学校会问你，如果你能和从古至今一个名人见面，你会选谁，会问他或她什么问题。什么东西启发你，你最想学什么专业，为什么。在宿舍里你如何为这个团体做贡献，你以前属于什么团体，如何奉献。"

这些问题听得我头疼。有些问题有点意思，但我都得使劲想怎么能让自己不同，但又让他们看上去我不是刻意这么做的。

尼蔻坐在我旁边，她说她打算写她在中国的所见所闻，这样使她独特。她爸妈打算给她自费出一本诗集，好申请大学。她打算写写新疆，乌鲁木齐……这是我当时回乌鲁木齐时跟她讲的。我的胃疼，我感觉自己的孩子被人抢了一样，这感觉让我痛苦。

梦校

我发现我们学校的人大多都只申请密尔沃基当地很一般的学校,撑死了会有去隔壁明尼苏达州的。没有人申请稍微好一点的学校。"学校的名声真的不重要,重要的是你以后成为怎样的人。"我的房东瓦格纳先生老这么跟我说。

尼蔻的梦校是约翰·斯霍普金斯大学,那是个排名在第十左右的学校。罗蕤琳没有确定哪个梦校,但她决定申请威廉姆斯学院作为她的早申学校。我从高一开始就对耶鲁这个学校很有好感,当然这大部分是出于盲目的崇拜,所以我打算把它作为早申学校。我们年级就我们三个人申请这样的学校。有时睡前我会幻想我们的毕业典礼,我们三个能去想去的地方,破一下我们高中的历史,离开这封闭的鬼地方。这种幻想充满了虚荣,让我的十七岁膨胀,像充满氢气的黄色气球。我妈从小就不让我玩氢气球,因为她说她老看报道氢气球爆炸伤到孩子的新闻。我从小就对能飘在天上的东西好奇无比。

10月26日,我总算写出了一个还算独特的文书,还有耶鲁附加的一堆小文书,并提交了我的申请。这些文书中,我总得变着法子夸自己，夸得我已经厌倦了自己的故事，自己的爱好，以至于现在想到自己乌鲁木齐的童年、广州的初中，以及诗歌这种东西时我就头疼。

现在漫长的等待开始了。我的结果12月18日晚上6点左右出，尼蔻的是12月19日下午1点出，罗蕤琳的是12月15日出。

自从递交了耶鲁的申请后，我便被榨干了。我每天都没有什么动力学习，什么也不想干，我只想等消息。我快离开这里了，我总抱着这样的希望。我受够了密尔沃基这个地方，美国的中部，最无聊的地方。冬天长得跟隔夜的尿一样。

今天早上第一节电影课时，我像往常一样第一时间就是看邮箱有没有什么新消息。我之前一周都不看一次邮箱。我看到一封新邮件，来自耶鲁招生办。

"夏妮朱女士，我代表耶鲁大学感谢你的申请。我想知道你感不感兴趣和我进行一次大概一小时的面试，我以下日期有空，11月6、8、9日和17日。如果你想接受这个面试机会，请给我回信，我会随后把地址发你。"落款写的是"彼得·舍曼，耶鲁1982届毕业生"。

我激动地先把这封信转给我爸妈的邮箱，然后戳了戳前面坐着的罗蕤琳，告诉她耶鲁要面试我了。虽然我知道这种学校是尽量面试很多学生，但我还是很高兴。有种离自己的梦近了一点的感觉。

我赶紧给他回信说,谢谢联系我,11 月 17 日周五我可以。我以前很怕给重要的人写重要的邮件,现在好多了,但我还是有点怕。

回家后,我跟瓦格纳先生和太太说了这件事,他们祝我好运,并告诉我 17 日周五他们无法送我去面试,因为得上班,所以让我自己坐公交去市中心面试官的公司。

"安妮,好好发挥啊,我听说了你面试的事情,有人送你吗?我可以送你。"第二天早上,在走廊上我们的金发校长拦住我问。

面试

毕竟学校小,我面试的事情好多老师都知道了。他们每周三上课前都会开会,讨论讨论学生。

"安妮,你好好准备一下,事先了解一下面试官。"我的物理老师艾什周五跟我说。

我一周前就上网搜了一下这个面试官的背景,他1982年耶鲁毕业,学的是社会学,后来去了达特茅斯商学院。我为了找话题,列出了几个问他的问题,并读了一本耶鲁社会学教授史景迁写中国太平天国的书。我这有点刻意了,但申请大学本来就是一个很刻意的过程。

周五放学后,校长把我送到市中心面试官的公司,我以为她就要回去了,但她说她和我一起上去,在上面坐着等我面试完再把我送回家,她说她刚好带了电脑处理点事情。

上楼的电梯很慢,我的手开始变得越来越冰。

一个看似秘书的人给我们开了门,并示意让我们进去。面试官比我想象得矮多了,他头顶中间是秃的,反射着光,戴着黑框眼镜,穿着绿色毛衣。他握了我的手,接着握了我校长的手,并说欢迎。我看了看他的办公室，注意到他桌上放了几幅一个看似亚洲小女孩的照片。

我的校长介绍了一下她自己，并说在门外等我。面试官有点吃惊，他说因为一般陪着面试的都是家长，或者自己来，他是第一次见校长陪同的。他随后问我要不要喝水，我说行。我在他办公桌前的椅子上坐下。

"在我问你问题前，我跟你大概讲讲面试的目的等。"他拿出一个大纲，开始一条条说，他说这次机会不光是他问我，也是他让我问他的机会，同时面试结束后他会写一篇总结提交给耶鲁，所以他全程会做笔记。他专门强调说他并不知道我上交给耶鲁的任何资料，所以我们现在是第一次介绍对方。他提前准备了十来个问题，看情况来问。我心想，这人有点太循规蹈矩了，我听说不同的面试官面试的方式不同，希望不要出太大的岔子。

他讲了讲自己在耶鲁学的什么专业，后来为什么去达特茅斯商学院，还有如何回到密尔沃基创业的事情。我早在网上把他的资料搜了个遍，但我还是装着第一次听一样点头。

"那现在讲讲你自己吧。"于是我就开始把我文书一遍遍写过的事情又说了一遍。

他告诉我他去过几次中国，因为他女儿是从中国领养的，并给我指了指桌上的小女孩照片。我感到有点亲切，但这面试官的说话方式不知怎么就让我不太舒服。

"你讲讲你在学校不喜欢学的东西。"

我突然有点发愣，我没想到他会这么问来刁难人。我就跟他讲了讲这学期退出 AP 化学课的事，这是我不太喜欢学的东西，最后一年我想学自己真正热爱的东西，所以就换成了电影课。

"你要知道，我当时在耶鲁就是这样，我其实是更偏理科的，但我逼自己啃文科的东西，你不能因为你不喜欢一个东西你就不去学。我认为学你不喜欢学的才是好的。"我并不完全同意他的观点，但我觉得还是不要跟他为这件事情吵起来，于是我点头，内心极其不舒服。

我知道我现在需要主动引领话题，我得把他引到我擅长的地方去。在他问我课外喜欢做什么事时，我便开始讲我和写作的故事。

"很有意思的故事，但我是说，你在课外，跟学校无关的。"让我吃惊的是他居然觉得写作是属于学校内的事。我决定不能再被他牵着走了。

"我说的写作跟学校或者学习没有什么联系，我认为写作是非常私人的东西，这是我最大的爱好，于是这当然是你问我课外喜欢什么时我的第一回答。"我说。

他便让我继续讲，抛开了他刚刚一直拿着的问题大纲。

"讲讲你的书单，你看过的书，你喜欢的书，还有你将来想看的书。"

我便跟他说我初中上课时偷偷看很多俄国小说，陀思妥耶夫斯基的、屠格涅夫的，又跟他讲了讲我对中国古诗词的喜爱，女性诗歌，还有我对哲学的兴趣，讲了讲但丁、尼采和帕斯卡尔，还有博尔赫斯。但我发现他对这些没有什么过深的兴趣。

"讲讲你高中课内做过的一个你很引以为豪的东西。"

我便刚好跟他说了我高二时写的那篇关于"1890—1900现实主义文学和美国梦的关系"的论文，汤姆斯老师给我那句特别评语的论文。我感觉这个对话在慢慢变好。

"讲讲现在新闻中你很感兴趣的东西，或者是让你忧虑的东西。"

这个问题有点出乎我的意料。但突然想到，我可以讲讲中国的新闻。所以，我说了说现在正在召开的"十九大"，他当然也听说了，他对中国的了解算挺多的了。

后面的对话我总算站在了主动方，聊了聊全球保守化，美国和中国相似但不同的民族问题，还有中国和美国的教育。其实他的提纲上还有好多问题没有来得及问，但时间已经过了两个半小时，他说邮件再联系我。

我最后问了他一个问题：你在耶鲁这四年最美好的回忆是

什么。

"那时候我可以跟我的同学进行思想上的深度交流，一种学习的乌托邦，我们晚上聚在一起，谈天谈地，谈这个国家的未来，谈艺术。没人想着毕业之后赶紧进入华尔街，可能现在变了吧，那毕竟是三十多年前了。那时真正感受到学习的快乐，纯粹的知识，没人担心毕业了怎么办，就好像另外一个世界一样。以至于多少年后，我有时早上没睡醒，会以为自己起床后是要去上学，还感到很高兴。但等完全醒了后就发现自己早已离开那里了。"他说。不知道为什么我听他的形容眼泪开始堆积，我告诉自己不能哭出来，不能尿。他形容的便是我最理想的大学生活。

我出了门后感觉头有点轻，脸也是烫的。校长过来问我面试如何，我说还挺好的，本来只聊一小时的，结果我们聊了两个半小时。

回家后，我倒在床上，一直睡到第二天下午。这个对话太强烈了，我很累，被消耗得起不了床。

认识汤姆

12 月初，密尔沃基的雪下得有点晚。

高个子黑人女孩泰勒今天自习课时跟我说，她现在每周四去密尔沃基美术馆实习，她在那里遇见了一个叫汤姆的卷长发白人男孩。他会打鼓、弹吉他、滑板、画画，也写诗，气质挺好的。

"怎么，你对他有意思，找他聊天啊。"我边写作业边回复她，并不是特别关心。

"我感觉他是你的类型，那种长发嬉皮乐手。我给你看他的照片。"她说着打开 Instagram。

照片里的他穿着暗红色的尼龙夹克，踩着滑板。

"哦，还行，长得也不是那么帅，不过还不错，感觉有点装酷，有些忧郁气质啊。"我说。

"我不喜欢他，我只想跟他做朋友。"她笑着说。

"得了吧你，明明就感兴趣。"我说。

"哎，你去关注一下他账号嘛，跟他熟悉一下，问问他对我什么印象。"她说。

我打开 Instagram，请求关注了汤姆，并给他发了一条私信：

你现在在美术馆实习？然后就没怎么理这件事。

晚上回家后，他请求关注我，并回复：对，这是我第三次参加这个项目，你呢？

我便介绍了一下我自己，告诉他我们有几个共同好友，比如泰勒。我希望把话题引到泰勒上，但好像他不是特别感兴趣。我就先跟他聊聊别的，等熟一点再问他。

"听说你写诗？"我问。我在美国快四年了，周围还没有遇到什么喜欢诗歌的男孩。

"哦没有，随便写写。我主要还是做视觉艺术，画画之类的。你想看看我最近写的一首吗？"他好像跟我说话还挺主动的，弄得我有点紧张，我不希望他对我太感兴趣，毕竟我是带着使命跟他说话的。

那是一首有点长的诗，我看不太懂，因为他老用一些奇奇怪怪的词，但有一两句话还有点意思。有一句是写，她把口红放进她的口袋之类的。我感觉这男孩比较奇怪，但挺有趣的。

"写给女友的吗？"我问，因为口红那句，顺便帮泰勒探究一下他的感情状况。

"不是，那是我夏天写的，给前女友的。"他说。我心里暗地为泰勒松了口气。

他问我能不能看看我写的东西，我说我一般只用中文写诗，不过之前为了申请大学翻译了几首诗可以给他看看。

"你的诗真简洁，很有力量。"他看完说。我有点后悔，我怕他对我产生兴趣，但同时又想让他对我感兴趣。

"我爸妈就是因为诗歌彼此认识的。"我告诉他。

我跟他讲了讲我的故事，当然跟之前大学文书重复了无数遍的故事差不多，我越来越觉得自己是个无聊的人了。他听说我来自中国，感到很吃惊，他以为我是华裔美国人。

我们聊了一晚，我随时向泰勒汇报我在聊天中得到的有用的信息，这真是幼稚的事，但我感到耻辱地享受着它。

我跟汤姆道了晚安，希望聊天就此结束，我估计他明天也不会找我了，一般说完晚安后，开始新话题是需要勇气的。

你喜欢咖啡还是茶?

"你喜欢咖啡还是茶?我就好奇。"第二天早上我打开Instagram看到汤姆给我发的信息。

我有种预感我们的对话可能就此停不住了。我说我喜欢茶,他说他也是。我问他喜欢什么音乐,他说都喜欢,不过喜欢老一点的放克、独立和迷幻摇滚,也听非主流的一些说唱。我说了几个我以前常听的迷幻摇滚乐队,他说他也很喜欢。他随后问我知不知道一个澳大利亚现在的迷幻摇滚乐队,我刚好前一阵子听过他们的新专辑,所以我说了其中一首我挺喜欢的歌。汤姆感到很吃惊,因为周围他认识的女孩大多只喜欢流行排行榜前五十的歌。

他给我发了几个他滑滑板和打鼓的视频,并问我玩滑板吗。我说夏天的时候滑过一阵子,不会任何技巧,只能当代步工具。我突然觉得他和保罗有一点相似,想起夏天和保罗踩着滑板走在乌鲁木齐街上的日子。

"什么时候一起滑滑板啊,等雪化了。"他说。

这周四他们美术馆的实习生需要邀请几个朋友一起体验一下他们的项目。泰勒和汤姆同时邀请了我。我有点紧张,虽然之前都互相看过照片，在 Instagram 上私信聊天，但毕竟是第一次见他。

我穿了一条蓝色的亚麻长裙，套了个黑色宽松毛衣，为了保暖起见，我在里面偷偷穿了加棉的紧身裤，但从外面看不出来。

美术馆是在密歇根湖上的，下午四点半，太阳开始从通往美术馆的桥上下垂。我没戴眼镜，因为我不想给别人的第一印象是戴着眼镜的，所以看得模模糊糊让我更紧张，怕分辨不出汤姆在哪儿。

我走在桥上时隐约看到几个男孩靠在桥上站着。我有种感觉汤姆就在那儿。我走近了跟他们打招呼。那确实是汤姆和他的两个朋友。他们迎着风抽烟，汤姆穿了一件深蓝色的呢子大衣，棕色的皮靴子。

"嘿，我是安妮。"我尴尬但装得比较酷地介绍了我自己。

汤姆左边稍胖的拉美裔朋友跟我打了声招呼，告诉我他叫马西。他右边的很瘦，看上去有点娘的男生跟我说他叫埃里克。我问汤姆我本人跟照片有区别吗，他说没有。

"来根烟吗？"马西问我。

我上次抽烟还是夏天复习 SAT 的时候。风太大，打火机几次点不着，我转过身背着风点了一根烟。我们看着背后的橙色太阳，我感觉年轻还挺好的。

晚上回家后，汤姆给我发了一条信息：今天真正见到你本人，真好。

大学结果出来了

12月18日,周四。我一整天在学校都没法集中注意力,想着今天晚上查耶鲁面试结果的事情。我心里明明知道自己的SAT分是肯定低了的,但又总期待着一种奇迹,说不定招生官很欣赏我的文书和我的诗呢。

泰勒今天下午放学约我当她模特,拍几组照片。她弄成摄影作品集申请艺术学院用。放学后,她让我换上几件她从家里带的衣服,红色的低领。今天很冷,外面被雪覆盖,我穿着厚的长黑羽绒服。

我们开车到一个公园,新下的雪没人踩过,在太阳底下闪着光。

"你觉得你能不能躺在雪上?"泰勒问我。我说行,躺就躺。

我感觉我的身体在燃烧,虽然我也不知道身体真正在燃烧是什么感觉。我的心跳加速,同时莫名地感到很刺激。泰勒因为太冷而无法控制自己的开始流泪,并大笑。照完一组图后,我们回到车上,我看了眼Instagram,耶鲁的官网说2022届第一批录取的结果已经出来了。我身体还没有从冰冷的状态下缓过来,我点开一个个网站，登录我的用户名，输入密码，加载。

我看到一封很长的信。我感到我的心沉了下来。

"很感谢你的申请，尤其你只选择了耶鲁。但很遗憾，今年的竞争力太强，我们的位置太少了，所以今年2022届我们不能给你提供学位。但请知道，这个结果虽然令人沮丧，但我们相信申请者的实力，在任何别的学校也会很成功。被耶鲁拒绝并不代表你的能力和独特被否认了，只是今年我们的申请人太多了。"

我没怎么说话，不知道说什么。

"哎，没关系啊，这个学校那么难考，我们学校都没有人申请，你已经很有勇气了，再说，那说不定不是最适合你的地方。你将来会去一个最适合你的地方的。"泰勒说，并递给我一颗糖。

我们还得去一个比萨店里照相。她说让我稍微笑一下，我笑不出来，硬挤也挤不出来，她干脆就让我做一个符合我现在心情的表情。

"我被拒了。"我给爸妈发微信，同时也告诉罗蕤琳。我不想告诉尼蔻。

"其实前几天我也被威廉姆斯拒了，一直没跟你说。"罗蕤琳说。

我靠墙坐在比萨店里，强烈的白炽灯照着我。我的余光看着来来往往吃饭的人，盯着泰勒的镜头。我不知道我现在看上去是怎样的。

回到家后我没跟瓦格纳一家多说，但我知道明天我不想上学了，我想在家里待一天。我跟瓦格纳太太说我身体不舒服，有点发烧，明天休息一天。

早上，我自己下了西红柿汤面条吃。我最喜欢吃汤面条了。我知道尼蔻今天下午出结果，于是我问了问她。

"我被录取了。"她说。

我从昨天到现在一直没有哭，但看到这个信息时我开始大声地哭。家里没人，只有我一个，所以我可以很大声地哭和喊。我今年哭的次数比以往的哪年都多。我享受哭的感觉。

我想和人说话。但是我没有人可以说，我爸妈在睡觉。于是我发了个信息问了问汤姆能不能给他打个电话。

我跪在沙发上面朝窗外跟他打电话哭。他并不理解我为什么这样，他已经被当地的威斯康星大学密尔沃基分校的艺术学院录取了，还给了他一些奖学金，他对此很满意。他只申请了当地的两所学校，但我想离开，想去远方。

他尽量给我讲笑话，让我笑。为了让他感觉好受些，我笑了笑。

我想睡觉，同时我得开始准备申请后面到1月1日截止的大学了。

2018 年

2017 年的最后一天我和一帮中国朋友去吃火锅。不知道从什么时候开始我也和中国同学们建立起了不错的友谊，因为我一开始都一直避免扎堆，这样才能更快地了解美国文化和提高英语水平。后来我的英语已经完全不需要我故意隔阂自己了，我意识到和两个社交圈都保持联系挺好的。

我的拖延症日渐加重，另外申请的十所学校都是 1 月 1 日晚 11：59 截止，然而我一个都还没有上交。我不再绞尽脑汁写文书了，只是轻松地写一写，对未来不抱太大的希望。

在火锅的蒸汽中，我感到焦虑。去年最后一天跨年，我在尼蔻家里，那个时候我们俩都还没有开始想大学的事情。我们谈到死亡，谈到我们还能跨多少个年。我现在感觉我和她距离很远了，我们好像已经被放进了不同的筐子里。

晚上我早早就回家了，在我的卧室里听到瓦格纳夫妇邀请了他们的一帮朋友在家聊天玩游戏，喝香槟，倒数。我坐在床上，写文书。我能感到靠着的墙的震动，人们的笑声感觉很近，也很远。

我感到孤独，同时觉得自己的未来一片黑暗。这件事情我不知道和谁说，我跟汤姆说他也理解不了，他只会告诉我，那你上密尔沃基的大学不就好了，我们还能在一块。

我不知道为什么会是这样，这或许是对我浪费了的夏天的惩罚。小学三年级的语文寒假作业里总有一些脑筋急转弯，我记得一个问题是："世界上有哪个药是买不着的？"答案："后悔药。"我以前纳闷这个题什么意思，现在感觉好傻。

房间外，客厅里的人们依旧在狂欢。

1月，我掉进河里

自从第一次和汤姆见面后，我们开始每天聊天，好像有太多东西可以说了，他出乎意料地对我很有耐心，听我讲些奇奇怪怪的东西。

我们开始每周末出去玩。我们去一个很嬉皮的咖啡馆蹭暖气，互相画对方。他有一个磁带录音机，并让我读一首我写的中文诗，他说这样就能让我的声音永远留在他的磁带里了。我们都喜欢在野外探险，但我们总是被冻得瑟瑟发抖。

上周六，我带他去密歇根湖边我和万躺过的那块大石头。冬天湖面好像更高了。天是灰色的，稍微更灰一点的云群在移动。我感到有点晕。我们互相抱着发抖。

我和汤姆出去玩的这些事我还没有告诉泰勒，我很焦虑也很愧疚，不知道怎么跟她说。不过幸运的是，她最近喜欢上了我们学校一个高三的男生，看她好像也不怎么提汤姆了。我对美国的恋爱文化还是很困惑，我现在和汤姆是朋友，但又比朋友更近。

"想去河边散步吗？今天挺暖和的。"周五放学后，他问我。

今天异常地暖，有点反常，地上很多雪还没有化。我们走在深蓝色的天空下，穿梭在树林里。密尔沃基有很多这样的自然公园。汤姆说话一般很轻也很小声，还喜欢用很生僻的我听不懂的词，所以有时候他说完一大串子我不知道怎么回答。这让我想到高一刚开学时跟尼蔻说话每次都得装懂。平时他给我发信息，我不会的词还可以上网查，或者他说一堆俚语装酷时我还可以问问别的朋友。但现在这样就有点难。

每次不知道说什么的时候，我就说天或者云。

"你知道，你给我的感觉就像云一样，好像很快就要飘走了。"我说。总觉得用英语说话，不管说得多流利，总有一层东西隔着，黏稠。

我们穿过一个桥底，来到密尔沃基河边坐下。他拿出他的画画本，他什么时候都带着这个本子。

"你别动，看前面。"他说，并开始画我。

我盯着前面半结冰的河面，看上去像蓝莓冰沙，并不是光滑的冰，而是半固体。河对面的灯投射在河上，今夜的月亮是圆的，巨大。我发现很多发生在我身上浪漫的事情都和圆月有关。

他画完后给我看，我完全认不出来他画的是我，就是一些杂乱的线条，看上去像个人脸。

"对不起，我不知道怎么画画来取悦你。"他说。听上去更像是不会画肖像的借口，不过我觉得这个无所谓。

他递给我一根烟和一罐冰茶。我们没说话。

"我们在旁边草上铺下毯子躺着看星星?"过了一会儿他问。

我们起身,但我突然感到什么东西从我皮夹克的口袋掉进了河里。我突然脑袋很蒙,意识到那是我几个月前新买的手机。

"× 我手机掉河里了。"

我弯下腰,想看看能不能从岸上够着。不能。我正想着怎么办的时候,突然脚下的泥滑了一下,我整个人掉进了半固体冰冷的河里。靠岸的地方河水比较浅,只是到我小腿的样子。我急着要爬上岸,汤姆把我摁了回去,说,你既然掉都掉下去了,还不如把手机捡起来再上来。

我弯下腰开始摸索,没想到居然在河底的泥里找到了。它还能用。我下半身全湿透了。

汤姆把毯子铺在黄色的枯草地上,我们躺着,星星不是很多,因为天还不够黑。他开始即兴说一些句子。

汤姆搂着我,希望能用他身体的温度给我取暖,然而事实上他只是把自己也弄得冰冷和潮湿。他短暂地吻了我一下,充满了烟的味道。这让我无法抗拒地想到夏夜的雅玛里克山,我和保罗躺在山顶的时候。

"天上是月亮还是太阳?我怎么分不太清。"他说。

"你脑子还好吗?"我问。

"你想跟我约会吗？我们哪天去看部电影，去一家我很喜欢的餐厅吃饭。"他跟我说。

这种约会传统让我很没有安全感，因为按理来说你同时可以跟不止一个人约会，而且你们还不是男女朋友的关系，所以不存在任何忠诚或者责任的问题。

我们意识到毯子下面有还没化的雪，我们把那些雪化在了我们身上。

回家后，我发现自己小腿被河里的树枝划了一道很长的口子。发生在我身上浪漫的事情也同时和伤疤有关。

荒唐的哲学老师

跨完年一周后，寒假结束，高四的第二学期就开始了。我的十所学校的申请文件也递交了，下面的时间就是等待3月底4月初的结果了。我这学期的宗教课是今年学校刚加的可以换大学学分的课，叫哲学与神学。这听上去是一个很有意思的课，但它是由教过我高一宗教课的栓卡老师教。栓卡老师很高、很壮，没有什么正儿八经的学历，以前是主持葬礼的，对学校的主要贡献是作为女篮教练带领球队打进过州赛。汤姆斯老师以前跟我们说，天主教私立高中的问题就是，出于慈善心，他们不炒一些很无能老师的鱿鱼，要包容。栓卡就是我们学校慈善心体现得最明显的一个例子。

这门哲学与神学课能让他教，我们都有些纳闷和好奇他会怎么教。

"我们来看一个有意思的祈祷幻灯片，谁想大声读出来？"每天早上上课，他干的第一件事就是让人举手读他从网上弄的幻灯片，讲一个名人小故事，大部分是关于体育明星的。他认为教哲学和神学跟训练篮球队没什么两样。

"在我20世纪70年代读本科的时候，上过哲学课。但因为我很多年没有接触过哲学，学校这个暑假问我愿不愿意教这门课的时候，我买了两本书好好地看了看。"他说。

我瞥了一眼他的桌子，上面摆着一本《傻瓜哲学入门》，有点想笑，但忍住了。

"我们正式讲课前先来玩一个游戏，第一名我给他或她附加分。"他说。他每天上课都想方设法拖时间，这样就不用讲正题，因为他什么也不知道。

这个游戏是从三个不同的词中总结出这三个词的一个共同点，比如"美国好声音、圣经和法庭"这三个词中的共同点是"评委/士师/法官"，因为美国好声音里面有评委，圣经里有士师，法庭中有法官，这三个词在英语里是一个词。就像这种与智力或者哲学或者神学毫无关系的游戏，一般可以帮他磨蹭二十分钟的课堂时间。

"今天我们来学习一下早期的希腊哲学家，苏格拉底、柏拉图和亚里士多德。"课只剩二十分钟的时候，他说。

"我觉得这些哲学家互相影响，就跟我训练我的篮球队一样，我观察别的教练的计策，向不同的人学习。"他每次都把哲学跟篮球扯上关系。

"好了，剩下七分钟时间，你们自由活动，聊聊天，剩下的明天讲。"第二天他又让我们玩游戏。

"我不知道在如今工作岗位竞争如此激烈的社会,这样的人是怎么找到稳定工作的。"我转头跟尼蔻说。我现在和她避免谈论有关大学的任何事情,稍微回到以前一起吐槽老师的时候了。

每次尼蔻想考考栓卡,问他一个很难的问题时,他便说:"对,你说的完全对。"

有时我感觉愧疚,他年龄也不小了,他对待学生非常友善,但他从来不教任何东西。

我无法停止想念汤姆斯老师,他下午上课的那间教室,他坐着的那张桌子,他的皮夹克和烟味,还有高二时他的那节偶然的哲学课。现在我走在二楼的走廊时,我不想路过他以前上课的教室。他的手风琴还一直在尼蔻的床底藏着。

中国春节的聚会

今年春节,这里的中国朋友像以往一样邀请我去参加他们公寓办的春节晚宴。我顺便叫上汤姆一起去,让他感受一下我的文化。

他们公寓那里有一个排练室,因为这里的学生组织了一个翻唱乐队。我叫汤姆带上他的鼓棒,这样可以跟他们一块玩玩音乐。汤姆打鼓时斜着并耷拉着头,卷发一抖一抖,有时闭着眼睛,有时看我。他很用劲地敲,我的一个中国弹吉他的朋友在旁边看着他,同时给我发微信说:"他好像根本不会打鼓,我好心疼我们的鼓啊。"汤姆总跟我说这叫实验音乐。

我的中国朋友汤姆认识的不多,所以我感觉有点尴尬,现在还不到晚宴时间,我们打算出门走一走。外面下着小雪,我们沿路走到一个公园,走进一片松林里,在一棵树下坐着,这样就感觉不到雪了。

"我一直厌恨冬天,因为美好的东西对我来说只在夏天发生,在冬天消失。我也一直厌倦密尔沃基这个地方,但你让这个冬天的密尔沃基对我来说好受了一点。"我说。

"你能用你的母语跟我说一会儿话吗？"他问我。

从来没有一个美国人让我用中文跟他说话，于是我有点纳闷。

"汤姆啊，我觉得你还是挺有意思的，没人这么问我。虽然我们能用英语毫无障碍地交流，我有时候还是在想，如果你能听懂我说得最好听的语言，那该多好。我能写出很微妙诗句的语言，我能最敏感地控制的语言。我觉得我说中文时是另一个人。我们总是隔着一个很厚的东西，无法穿透，母语的力量吧。我有时候觉得挺奇妙的，我们的祖先是隔着几乎整个地球的，你的来自德国和波兰，我的在中国，他们说着不同的语言。然而我们却相遇了。虽然我现在在对你说话，但我感觉更像是在跟我自己说话。"我用中文慢慢地说着，他一直看着我，像一只猫。我说着说着有点莫名地想哭，汤姆依旧久久凝视着我，好像快要把我穿透了。我看他的时候，眼睛不自主地看向他的左眼。

"谢谢你。"他说。

我们走回公寓的路上，汤姆问我，想不想把我们的约会关系变成排他的。我愣了一下，一开始没听懂他什么意思，排他的？过了一会儿意识到他是在说能否当他女朋友。这问题问得实在太不浪漫了。

"我会为你开始学中文的。"他说。

晚上吃的是自助餐，有饺子、炒河粉、串串、西红柿鸡蛋汤、红烧排骨，还有糖醋虾。让我惊讶的是他居然会用筷子。

吃完后我们去游艺室，五六个人，围坐在一起，泰勒也来了，罗蕊琳，还有其他几个跟我玩得不错的中国朋友都在。我感觉很温暖，汤姆坐在我旁边。我感觉我回到了还在中国的那个我，人来疯。我忘了我现在在美国。

"来来来，我们来讲讲每个人干过的最尴尬的事，最后评选谁的事最尴尬。我保证没有谁的尴尬事能超过我的。"我说。

每个人轮流讲了讲，汤姆说了说他有次走在街上撞着老太太的故事，不是那么搞笑。

"好吧，这个故事我没怎么跟谁说过，因为太尴尬了。我以前喜欢过一个男生，那是小时候了，去他家玩，顺便在他家吃个晚饭。晚饭前我想拉屎，结果我的屎堵住了人家的厕所，我绝望地坐在地上不知道该怎么办，我总不能把屎捞出来扔了吧。这时我听到他妈在门外问我还好吗，并告诉我晚饭好了。我当时没办法，只好跟她说了堵住马桶的情况。结果他爸还得拿马桶塞子把我的屎冲下去。后来，我就没怎么跟那男生说话了。"我说完后，所有人笑成一团，汤姆笑得浑身颤抖。我从来没看到他这么高兴。我也不记得我上次这么大笑是什么时候了。

汤姆晚上10点多走了，我和泰勒留下来住一晚。我和罗蕊琳深夜出门，到公寓的停车场，爬上一辆没锁门的校车，打开校车的后门,坐在上面,不冷,还能看星星。

"我希望你和我都能去很好的大学,以后不要忘了对方,简直是患难兄弟啊。"罗蕤琳说。

"我也不知道,我们还有三个月就毕业了,我虽然不知道我大学会去哪儿,但我肯定会离开这里。汤姆一直留在这里。我不知道该怎么办。"我说。

眼泪的味道

这两周汤姆的学校不上课,他和他朋友埃里克去市中心的幼儿园当志愿者助教。那个幼儿园离我们学校不远。

"我们已经到你学校停车场了。"下午3点刚下课,汤姆给我发信息说。

我着急地跑出学校,看到汤姆站在车旁张开双臂。我感觉这有点像以前初中老看的美国高中电影的情节。

"我们滑滑板去?雪化得差不多了。"他说。

我们到市中心一个有很多涂鸦的街道滑滑板,路过的几个看上去挺文艺的女生转头看了看汤姆和埃里克。他们在前面,我滑得比较慢,在后面。春天快来了,密尔沃基的街道灰暗。

天渐渐暗了下来,我们坐在一个栏杆上休息,我们的影子很长,投射在水泥地上,让我想到童年在乌鲁木齐幸福路的院子里天黑时还疯玩着不回家的情景。今晚我回到童年,不仅是空气的温度还有味道,都让我感到似曾相识。

"大家饿了吗?我们去那家特便宜的店吃比萨。"埃里克说。

"哎,对了,等天完全黑下来的时候我们去山顶看夜晚的城市吧。"吃完后我说。

我们爬上了密尔沃基市中心的一个小山顶。埃里克和汤姆说他们要尿尿。我问能不能照张他在山顶面对城市撒尿的图,汤姆说他害羞,埃里克说随便照。有时候,我觉得很多相似的事情奇奇怪怪得像咒语一样再次循环在我身上。

我开始在草上转圈,感到眩晕。汤姆跑过来拉着我的手用力转圈,直到我俩都摔在地上为止。草上有泥,很湿。

"我小时候五六岁在新疆的时候,去一个草原,有天晚上我和俩男生一起在草原上转圈圈,结果他们突然开始边尿边转,给我造成了阴影。"我说。

汤姆一个人坐在了面朝城市的椅子上。他好像不太想说话。

"你知道我现在开的这个车的来头吗?我哥哥高中毕业那年离家出走了,和一个朋友借了他最好朋友的车上路了,一路开到加州。他们还去了英国。他那年留着很长的头发。他出走前把手机放在他的书桌上,并留了一个纸条说:不要尝试找我,我需要逃离这里一阵子,我会回来的。他消失了两年。2016年他回来了。在他走的这段时间,借给他车的他最好的朋友过世了,并在遗嘱中注明这辆车留给他。现在他工作了,也剪短了头发。现在这辆车我开。"埃里克坐在一个高高的黑色垃圾桶上说。

"我先下山在车里坐着等,你们先聊。一会见。"埃里克又说。

汤姆从椅子上起来，走向我，在山顶的一盏橙色的灯下抱着我。"你不是一直想知道我的眼泪是什么味道的吗？"他的泪在灯下很亮。

"你怎么哭了。"

"我不想你走。"他说。

"我爱你，我想你，朱夏妮。"他用调子不太准的中文说。

别人的眼泪和我自己的好像差不多味道，也是淡淡的咸味，但好像总有点不同。

"我太厌倦告别了，我总被迫告别，离开一个地方，离开一些人。"我说。

晚上回家的路上，我们开着车窗在高速公路上高分贝地放黑色安息日的歌。我再次感到年轻真好。

回到家后，我在信箱里收到两周前汤姆说他寄给我的信。信封里有几枚松针，他写道：请用这些松针泡一点茶。他现在开始不叫我安妮了，而叫我夏妮，我本身的名字。信封里还有他给我的一幅画像，一盒他自己读萨特的《存在与虚无》磁带，我怀疑是他自己没有看懂的节选，他呼吸的声音，还有12月份我读的一首中文的诗。他给我写了几首诗，他说这不叫情诗，因为情诗通常很俗，这叫"充满兴趣的诗"。

当地的文艺青年

周四,像往常每周四一样,下午放学后4点我坐上公交车去美术馆。我总坐在窗边,看来往的人。这是一天中我最喜欢的时候。自从我开始在美术馆每周一次的实习后,我便遇到了一些密尔沃基周围高中里的文艺青年。今天是这个月的第一个周四,美术馆对公众免费,也就是这些文艺青年的聚集时间。每个人都在Instagram上互相关注,想方设法照独特的照片。

"哎,你是不是汤姆的女朋友啊?"一个穿黄棕色条形毛衣的黑人男孩在一个展厅里走向我。

"呃,你是不是关注我Instagram啊?"我问他。好像汤姆认识每个混"青年艺术圈"的人。

"对,我是用户名叫@thinking lilac 的那个,今天总算撞见你本人了。"他说他本名叫德旺,但我可以叫他莱克。

我突然觉得自己像个网红。他给我介绍了他旁边的两个朋友,一个矮一点的黑人男孩,还有一个拉美裔的短发女孩。我老早就在Instagram上看到过他俩的照片。

"你们看了三楼刚更新的展览吗?"我问。他们说没有,于是我带他们上三楼。

这时天已经黑了，三楼基本上是当代艺术。我们来到新的展厅，没几个人，明亮的白炽灯照着发光的玛瑙地板，有一个穿黑色制服的保安在旁边看着我们。

这是一个西班牙设计家的作品，他做了很多由童年玩具和色彩所启发的家具摆设。我觉得有点无聊。

"哦，对了，我是个诗人和摄影师。"莱克突然说。

"哦，是吗，挺好。我也写点东西。"我说。

"我也是诗人。"他矮一点的朋友说。

"我是艺术家。"那个短发女生说。

每个人好像都给自己一个什么样的称呼。

"我们坐下来读一下自己写的诗吧。"我说，因为我好奇他写得到底怎样。

我们围成圈坐下，站在墙角的保安看着我们但没有说什么。莱克拿出他的老式胶卷相机，给我照了一张相，等回家再发到Instagram上。

如果我要死的话，

在我打开的棺材里，

我要把玫瑰放在我的眼睛上，

郁金香缝上我皮肤的疤。
我想画一床花床的画，
我想当土壤和风。
如果我要死的话，
让我的身体变成花，
让我的名字开花，
让我生命的意义像树一样成长。
我希望你记得我。

莱克低头读了他的诗后，我们打了几个响指。一般读完诗，听众不鼓掌而是打响指，这也是我后来才养成的习惯，但有时候总觉得不够响。

莱克的朋友接着读，他写了关于他如何爱一个姑娘的事情。展厅很安静，没有别人，过度明亮的光让我感到安全。我感觉自己总算混进他们玩的酷圈子里了，已经不稀罕跟学校那些受欢迎的女生玩了，但我总觉得我不太属于这里。

我读了一首我去年写的中文诗，和我自己翻译成的英文。

"有时候我在想，爱上一个人是什么样的感觉，爱情到底是什么东西。"莱克的男性朋友说。这让我想起我妈20世纪90年代时在宿舍里和她一帮写诗的朋友的聚会，故作深沉，无聊矫情，但偏喜欢聚起来。

"我们下周五在我家附近搞一个诗歌朗诵会的派对,你也来吧,叫上汤姆,艺术和美把我们聚集在一起。"莱克邀请我。

"行,我到时候看吧。"

我好久没写诗了,这让我有点忧虑。在一群诗人中我写不太出来。

月亮上面灰色的斑

春假第一天,很多大学出结果。罗蕤琳被 UCLA 录取了,今年它的录取率是 5%。她总算逃出这个等待的深渊了,她一直没告诉我这个消息,我是从别人那听说的。她怕我难过。

我又接到了八封拒信,这些信都相似地告诉我,我很优秀,我只是没找到适合我的地方,以后不管我去哪里我都会很优秀的。一个马萨诸塞州的天主教文理学院录取了我,我想可能这就是我开学会去的地方吧,一个比威斯康星还冷的地方,但我总算能离开这里了。

汤姆的妈妈是传统的虔诚的天主教徒,每周逼着汤姆去教堂,辅祭,甚至还想过让他当神父。汤姆告诉我他已经不相信天主的存在了。他妈邀请我这个复活节去他家一起吃晚饭,并让我带上我的小提琴。

他一大早就来接我,我们先去离他家不远的湖边玩到下午再回家吃饭。他调到一个老歌电台,并跟着唱。我喜欢在路上的感觉。我现在见他已经不化妆了,他说他喜欢我什么妆也不画的样子。他时不时会转过头来看看我。

"我爸昨天给我订机票了,我5月29日离开密尔沃基。"我说。现在已经4月初了。

他没说话。电台里正在放《加州旅馆》,让我想到香港维多利亚港晚上的街头艺人。

"我感觉我就要永远见不到你了。"他说。

我告诉他不会啊,我以后放假都会回密尔沃基的,我这里还有很多朋友。

"夏天就要来了,但我感觉今年夏天不会好了。虽然我的名字的意思就是夏天的女孩。"我说。

他把车停在松树林里无人的公路上,昨天下了雪,4月是最残忍的月份。这时的阳光刚好照进松树林里,像格林童话里描写的场景。现在已经不下雪了,但风吹过树林时,积在树枝上的雪会飘下来。

"我们玩红灯绿灯吧。"我说。

我闭上眼睛转了三圈,我说绿灯时他可以走,黄灯时他只能跳,红灯时他不能走。我得闭着眼睛根据声音找到他。

"绿灯。"我听到他走在雪上的声音。

"黄灯。"

"红灯。"我听到他还在动。

"喂,我都叫了红灯你怎么还在动?"我说。

"我黄灯跳的时候给摔了,我现在正爬起来。"

在下雪的松树下,我们长久地拥抱。

"给你听这首歌。"他打开手机开始放一首爵士乐,并拉着我跳舞。

"你能不能在手机的地图上把这个地方标记一下,这是属于我们的地方。不下雪时还依旧下雪的阳光格林童话的松树林。"那首很长的歌结束后他说。

"以后等你走了,我们一直保持联系。"回他家的路上他说。

他家是单层屋,有一只黑色的老猫。他妈妈穿着有点短的鲜艳的裙子,他爸和他叔叔还有小姨坐在沙发上。他爸看上去有六十岁了,笑起来很温和,拿着一把吉他,弹披头士的曲子。他叫我过来,拿出我的琴,和他一起拉一首汤姆妈妈很喜欢的歌。歌声响起时,她开始跳舞。汤姆的叔叔是个老嬉皮,他在20世纪60年代末时是个少年,他跟我们讲那时候的伍德斯托克音乐节,反越战的游行,对音乐的热爱,还有凯鲁亚克在路上的文化。

"我觉得我们那个时代是无法超越的,是最好的时代。"他吃着熏肉说。

汤姆送我回家的路上,又是一个月圆的夜晚。我翻了翻他的画画本,看到他重复练习写汉字,"火,人,政,门,女,马",他也一遍遍写我的名字,"朱夏妮,朱夏妮,朱夏妮"。每次都写错一个笔画。

"我想记住你。"他说。我一直盯着月亮,能看清它上面灰色的斑。

"请你记住我"

这周日,去完教堂后,汤姆给我打电话问我下午4点左右有没有空。我手机照样是静音的,自从我2014年来美国上高中起就是静音的,我一直恐惧用英语和别人打电话,因为我怕别人听不懂我。我现在已经不怕了。他告诉我今天他爸租了一架小飞机,问我想不想和他们一起飞一下。汤姆的爸妈是因为都会开飞机而认识的,没少在空中浪漫。他爸1976年就有飞行驾照了。上周是汤姆的好朋友埃里克的生日,所以他也受邀请一起坐飞机。我前段时间给汤姆送了一本我在二手书店淘到的硬皮《小王子》,是讲消失在撒哈拉沙漠的飞行员的故事。

这是密尔沃基一个很小的机场,没什么人,没有客机,全都是小飞机。开车去这个小机场的路上时我摇下了窗户,4月底,夏天快到了,我就要十八岁了。还有一个月我就要回国了。

汤姆让我坐副驾驶的位置,这样可以看看是怎么开飞机的,还能戴上耳机。埃里克和汤姆两人坐在后面,很挤。汤姆的爸爸让我好好检查一下窗户和门有没有关好,他在助跑前看着指挥书念叨了什么东西,检查每个装备。太阳照在前面的窗户上,闷热。

我忘了从什么时候起,每次飞机助跑到起飞时,我都喜欢听一首叫《妈妈,一起飞吧,妈妈,一起摇滚吧》的诗朗诵。现在我在脑子里播放这首诗。助跑的跑道很短。

"维克多号 275,第二跑道交通通畅。"耳机里来自地面指挥塔的沙哑的女声说。

开始离开地面时,飞机斜着。汤姆的爸爸让我把手放在方向手柄上感受一下。我看到城市边蓝色的密歇根湖,四年来每次我兴奋地离开密尔沃基时看到的湖。莫名其妙地,我感到有点难过。高空,离别,还有一种飞向远处的兴奋。只不过我现在有点晕机,坐在副驾驶座位上有点紧张。密歇根湖靠岸的地方淡绿色,远处就变蓝了。我看到离湖边步行只要五六分钟读了四年高中的学校了,就紧挨着白鱼湾。那里我大概看到了湖边的那块大石头,我和万一起从学校后门出来逃课的时候躲在那里。我也看到了伸入湖中的密尔沃基美术馆,我和汤姆在那里认识。我仔细看下面的一栋栋楼和住宅区,富人区,中产区,穷人区,从住宅的楼顶就能看出来。好像看到尼蔻家住的那一片树林,我十五岁生日时,和她一起到那片树林里探险。

飞机飞得不是很高,没有高于云层。我挺喜欢它颠簸的,肚子痒,像坐过山车时一样,刺激。飞机降落在城市郊区的一个小机场,我下来,让埃里克坐副驾驶的座位上,我坐在汤姆旁边。

埃里克从来没有坐过飞机,这是他第一次。

我们飞过密尔沃基附近唯一的山,叫圣山。我高一开学前刚到这里的时候去过一次,那时是秋天,周围一片黄色,我穿了一件紫色的大恐龙 T 恤。坐上飞机但知道我暂时不会离开这里的感觉是让人欣慰的,但我没法克制住自己此刻的忧郁。我总在告别,总在离开。我坐在汤姆旁边,感觉不真实,我在用另外一种语言和他们对话,在世界的另一边。

汤姆转过头一直看着我,他的黄绿色的瞳孔放大又缩小,像一只猫。

"记住这个,记住我,记住这里。"他说。

"我会的。"我说。

飞机引擎的声音太响了,我不知道他是否听清了我的回答。

2014 年 8 月—2018 年 5 月,美国密尔沃基白鱼湾

参加学校的募捐游行

带领"避静"

高三舞会

排球比赛

电影课在林子拍视频的花絮

暑假回国前在密歇根湖边

三月于芝加哥   在新疆

穿旗袍的毕业舞会

毕业前在草地上的午餐

毕业了